la splendeur de Ventura

Barbara Cartland est une romancière anglaise dont la réputation n'est plus à faire.

Près de trois cents romans variés et passionnants mêlent aventures et amours.

Les Éditions J'ai Lu *en ont déjà publié plus de quarante que vous retrouverez dans le catalogue gratuit disponible chez tous les libraires.*

Désormais les Éditions J'ai Lu *publient également* Les romans préférés de Barbara Cartland, *un choix des livres qui ont enchanté sa jeunesse.*

BARBARA CARTLAND

la splendeur de Ventura

traduit de l'anglais par Denyse Renaud

Éditions J'ai Lu

Ce roman a paru sous le titre original :

SWEET ADVENTURE

1

Lord Lynke débarqua sur le quai de Saint-Sébastien d'une humeur massacrante. Il refusa avec impatience l'offre du capitaine qui se proposait de louer une voiture en attendant qu'on ait sorti son carrosse personnel de la cale. C'est ainsi qu'il partit seul à la recherche de l'auberge qui ne pouvait qu'être médiocre, il en était bien persuadé.

Le sol ondulait sous ses pieds, ce qui n'avait rien d'étonnant après la tempête qu'ils avaient essuyée dans le golfe de Gascogne. Lord Lynke n'en avait pas été affecté. Il avait le pied marin et considérait qu'un verre de cognac vient à bout du mal de mer le plus affreux. Mais cette recette ne fut d'aucun secours pour son personnel, les uns n'ayant pas de quoi s'offrir ce remède miracle, les autres y restant insensibles.

Avec trois jours de retard, ils atteignirent enfin le port, mais non sans certains dommages. Plusieurs accidents étaient à déplorer; deux hommes étaient tombés à la mer; le serviteur personnel du passager ainsi que son secrétaire, qui s'était cassé la jambe. Pour clore la liste des catastrophes, le page de lord Lynke, désobéissant la veille de l'arrivée aux ordres formels, s'était fracturé le crâne en tombant du haut des cordages. On l'avait couché dans une cabine obscure en attendant de repartir pour l'Angleterre avec le secrétaire à la jambe cassée.

– Que le diable les emporte tous! grommela lord Lynke en marchant à grands pas sur les pavés inégaux de la rue, sans prêter la moindre attention aux regards admiratifs et surpris que lui jetaient les passants.

Il était fort bel homme avec son habit de velours et son long gilet de brocart brodé d'or. Son jabot de dentelle et ses cheveux poudrés maintenus en arrière par un ruban contrastaient avec son visage bronzé par le soleil. La poignée d'or de son épée qui dépassait entre les plis de son vêtement brillait à la lumière.

Mais Hugo était bien trop furieux pour se soucier de sa beauté ou de son élégance. Il était déjà suffisamment odieux de se trouver dans ce maudit pays, et encore fallait-il qu'il s'y trouvât seul!

Une rue étroite et longue conduisait du port à la ville. Le soleil printanier avivait les couleurs des vieilles pierres et des tuiles roses. Le ciel d'un bleu intense se reflétait dans les flaques d'eau.

Le sol oscillait toujours sous les pas du voyageur. Cette tempête était vraiment l'une des plus violentes qu'il eût jamais essuyée. Il se souvint alors de son secrétaire et jura entre ses dents. Ce voyage allait être d'un ennui mortel, sans compagnon avec lequel échanger quelques idées. Il allait en plus faire piètre figure à la cour de Madrid, en y paraissant nanti d'un seul valet et avec pour toute escorte un cocher et quelques palefreniers, lui qui comptait faire grande impression avec son luxueux équipage, son secrétaire jouant à l'aide de camp et son page titré.

Effectivement le petit Roderick Lane était baronnet. Il était intelligent et parlait l'espagnol. Ces qualités réunies devaient rendre de grands services à son maître. Personne ne se serait méfié d'un gamin et encore moins les serviteurs qui auraient parlé librement devant lui.

Mais à présent lord Lynke, tout contrarié qu'il fût, ne pouvait qu'accepter cette situation et faire contre mauvaise fortune bon cœur.

Un vieil âne lourdement chargé apparut soudain à un carrefour et tourna dans la rue. Les sacs qu'il portait sur ses maigres flancs étaient si volumineux que lord Lynke fut obligé de se rapprocher vivement du mur pour n'être pas bousculé. A cet instant précis, il percuta violemment un adolescent chétif qui courait à toutes jambes.

– Au secours, au secours, señor! cria-t-il d'une voix terrifiée.

Deux mains sales s'accrochèrent au bel habit de velours bleu et, avec une étonnante célérité, le garçon se dissimula derrière Hugo. Au même moment, un homme s'élança du coin de la rue, brandissant un bâton d'un geste menaçant.

– Viens ici, sale petit démon! hurlait-il avec fureur en espagnol. Je vais te donner une correction qui brisera tous les os de ton maudit corps possédé du diable!

Ces paroles étaient peu engageantes et la physionomie brutale de l'individu montrait qu'il était capable de passer aux actes. Hugo sentit deux mains tirer son habit.

– Au secours, señor! répéta la voix terrifiée.

Il allait se dégager, pensant que l'affaire ne le regardait pas, et qu'il ne voulait pas être mêlé à une querelle de ce genre, lorsque l'homme, levant son gourdin, lui dit avec insolence :

– Hors du chemin, señor!

Lord Lynke n'était pas homme à tolérer cette manière de parler.

– Serait-ce à moi que vous vous adressez? demanda-t-il.

– Et à qui d'autre? répliqua l'Espagnol impatiemment. Le maudit gamin qui se cache derrière vous mérite une raclée, et par la Sainte Vierge, il va la recevoir!

Il s'avança d'un pas. Les deux hommes qui étaient à peu près d'une taille identique se toisèrent en silence. Les yeux furibonds de l'un étaient noirs comme le jais, ceux de l'autre gris, froids et étrangement durs.

– Ce garçon est un voleur et un menteur, gronda l'Espagnol. Je lui donne de l'argent pour nettoyer mon arrière-boutique, et non seulement il ne fait rien, mais en plus il me vole!

– Ce n'est pas vrai! protesta une petite voix. Je n'ai rien volé. J'ai mangé une pomme pourrie qu'il avait jetée car elle était trop mauvaise pour être vendue!

– Il ment! cria l'Espagnol avec mépris. Il trouverait même le moyen de déformer l'Evangile! Je vous jure que mon bâton va lui apprendre à dire la vérité.

Il s'apprêta à contourner lord Lynke pour attraper l'enfant qui se cachait derrière lui lorsque l'Anglais fit soudain un pas qui l'en empêcha. Hugo ne savait trop pourquoi il prenait la défense du gamin crasseux, il savait seulement que cet Espagnol lui déplaisait. Il avait toujours eu horreur des brutes.

– Un instant, dit-il, en voilà assez. Je vais payer pour ce que le garçon a pris. Combien?

Les yeux de l'homme brillèrent de convoitise.

– Il y en a au moins pour cinq pesetas, señor, dit-il, et le temps perdu vaut davantage.

– Je ne paierai que la marchandise, déclara lord Lynke. Et je vous prie de ne pas le battre. En tout cas, pas aujourd'hui.

Il chercha une pièce dans sa poche. L'homme le regardait avec curiosité.

– Pourquoi faites-vous cela, señor? Que vous importe si ce vaurien est battu aujourd'hui ou demain?

– Disons simplement que je suis anglais et que je n'approuve pas la cruauté envers les enfants.

Il jeta en l'air une pièce de cinq pesetas qui brilla au soleil et retomba dans le ruisseau. Hugo se remit en marche tandis que l'homme se précipitait pour la ramasser.

Il avait parcouru déjà une bonne distance quand il entendit derrière lui :

– Merci, monsieur. Merci beaucoup!

Il se retourna, stupéfait : les mots étaient prononcés en anglais. C'était toujours le même garçon. Il était pieds nus, vêtu de haillons et tellement sale que son visage et ses mains semblaient couverts de suie.

– Je vous suis infiniment reconnaissant, monsieur, reprit le gamin en termes choisis, sur un ton posé.

La peau de son visage émacié se tendait sur des os saillants. Il était difficile de distinguer ses traits sous la couche de crasse, mais un détail était visible et surprenant : les yeux fixés sur lord Lynke étaient bleus, aussi bleus que la mer.

– Qui es-tu? demanda lord Lynke.

– Mon nom, monsieur, est... Tomaso, dit l'enfant en hésitant.

– Comment se fait-il que tu parles anglais?

– Mon père était écossais.

– Ecossais? répéta Hugo. Et il est mort?

– Oui, monsieur.

– Et ta mère est espagnole, je présume?

– Oui, monsieur, elle l'était.

– Alors, je comprends pourquoi tu parles les deux langues.

Lord Lynke chercha de nouveau dans sa poche et en sortit une pièce un peu plus grosse que la précédente.

– Tiens, mon garçon, dit-il. Va t'acheter quelque chose à manger.

Il tendit la pièce et une petite main étonnamment fine s'avança pour la prendre. Avant de poursuivre sa route, Hugo posa une dernière question :

– Ton père était matelot, je suppose.

Il se souvint des sourires qu'il avait surpris sur le bateau alors que l'équipage se préparait à l'escale. Les hommes ne rêvaient qu'au vin et aux femmes qu'ils trouveraient au port. Il se demanda si ce pauvre enfant n'était pas le fruit de quelque joyeuse nuit à terre.

– Non, monsieur. Mon père était gentilhomme.

Cette réponse était si inattendue que lord Lynke regarda le jeune homme avec ébahissement. L'enfant, car il n'était guère qu'un enfant, se passa une main sur la figure et repoussa les cheveux qui retombaient sur son front.

– Qui était ton père? demanda-t-il.

Troublé, le jeune garçon détourna le regard.

– C'était un fidèle compagnon du véritable roi d'Angleterre, monsieur.

– Un jacobite! s'exclama Hugo.

Cela expliquait tout. L'homme avait été l'un de ces Écossais partisans de l'ancien prétendant, l'un de ceux qui vivaient en exil depuis la tentative de révolte de 1719. Il avait entendu parler de cela quand il était enfant et le père de son jeune interlocuteur avait certainement été d'âge à prendre part au soulèvement qui tentait de mettre Jacques Stuart sur le trône d'Angleterre.

– Tu dis que ton père est mort?

– Oui, monsieur. Depuis trois ans.

– Et ta mère?

– Morte également. Elle a été renversée il y a six mois par un carrosse et a succombé à ses blessures.

Les grands yeux bleus s'assombrirent. Des larmes y brillèrent un instant, puis le garçon releva le menton avec effort et déclara d'un ton ferme :

– Maintenant, ils sont réunis au ciel.
– Espérons-le, dit gravement lord Lynke. Et toi, que fais-tu?
– Je gagne ma vie.
– Hum!... pas très agréablement, semble-t-il, dit lord Lynke en jetant un regard dans la direction où avait disparu l'Espagnol. Si tu veux un conseil, tu ferais mieux de chercher un autre travail.
– Je le ferai, monsieur.
– Eh bien! bonne chance.
Il chercha une nouvelle pièce d'or dans sa poche. C'était le moins qu'il puisse faire pour le fils d'un compatriote. Mais il eut au même instant une idée si folle qu'il hésitait à l'exprimer. Mais, au fond... était-elle si folle que cela? Il venait de rencontrer un garçon à la fois capable de parler l'anglais et un espagnol qui s'avérait meilleur que celui du malheureux Roderick. Et même si ses manières et son aisance n'étaient pas au point, lord Lynke ne pouvait décemment se passer d'un page.
Il remit la pièce d'or dans sa poche.
– Ecoute, dit-il, je crois pouvoir t'offrir une place. Accepterais-tu de venir à Madrid avec moi?
– Pour quoi faire?
Le calme avec lequel il venait de répondre surprit lord Lynke qui fit semblant de n'avoir pas pris encore de décision sur la façon dont il l'emploierait.
– Je ne sais pas, dit-il. Peut-être comme valet d'écurie. Ou bien comme marmiton, quand j'aurai engagé un cuisinier. L'un de ces postes te plairait-il?

Il y avait un peu d'ironie dans sa voix car il était assez divertissant d'offrir une situation à cet enfant loqueteux qui osait réclamer des précisions.

La tête brune s'inclina légèrement, puis Tomaso releva encore un peu plus haut le menton.

– Je vous remercie de votre bonté, monsieur, dit-il, mais je ne serai jamais domestique.

La phrase fut prononcée avec tant de fierté qu'instinctivement Hugo maîtrisa le fou rire qui le gagnait.

– Je comprends, dit-il avec courtoisie. Eh bien!... je t'offre d'être mon page.

En prononçant ces mots, il se dit qu'il perdait la raison, puis il pensa que si le garçon ne lui convenait pas, il pourrait toujours s'en séparer avant d'atteindre Madrid.

– Votre page personnel?

La petite voix se fit insistante.

– Mon page personnel, oui.

– Dans ce cas, monsieur, je serai ravi d'accepter votre proposition.

Lord Lynke regarda l'enfant, puis déclara brusquement :

– Tu entres en fonction immédiatement. Conduis-moi à la meilleure auberge de la ville. Tu la connais, j'espère?

– *El Gallo de Oro.* C'est ce qu'il y a de mieux, monsieur. Vous la trouverez au bout de la rue. Mais avant que je vous accompagne, me permettez-vous de dire adieu à mes amis et... de mettre de l'ordre dans ma mise?

– Tu veux dire de la propreté...

– Je sais, monsieur. L'homme pour lequel je travaillais voulait que je nettoie ses chaudières tous les matins et c'est un travail salissant. Vous ne le croirez peut-être pas, mais je le faisais consciencieusement.

– Ma foi, à te voir, on s'en douterait, répondit Hugo. Très bien. File et viens me retrouver à l'auberge dans une heure.

Il allait s'éloigner, mais le garçon le retint encore.

– Pardonnez-moi, monsieur, j'ai deux choses à vous dire. D'abord, étant votre page, j'aurais besoin de vêtements convenables. Ensuite, pourrais-je savoir votre nom?

Lord Lynke sourit.

– Tu as le sens pratique, dit-il. Nous devrions bien nous entendre. En ce qui concerne les vêtements, demande au meilleur tailleur de Saint-Sébastien de venir à l'auberge avec toi, et pour t'éviter de l'embarras, achète de quoi t'habiller jusqu'à ce qu'il t'ait confectionné ce qu'il faut.

Deux pièces d'or passèrent d'une main à l'autre.

– Je suis lord Lynke, de Hatharton Castle.

Le garçon fit une révérence.

– Merci, monsieur. Je serai là-bas dans une heure.

Il s'éclipsa et lord Lynke se retrouva seul.

« Soit j'ai perdu deux pièces d'or, soit j'ai gagné un page », se dit-il en haussant les épaules.

L'adolescent était visiblement de noble naissance. Certes, il avait besoin d'être formé, mais il allait être pour lord Lynke, si toutefois il était assez malin pour oublier sa nationalité et jouer le rôle d'un jeune Anglais, d'un secours inestimable.

Mais il pouvait tout aussi bien ne jamais le revoir. Lord Lynke avait pourtant l'intuition qu'il tiendrait parole. « Mon père était gentilhomme! », « Je ne serai jamais domestique! ». Il y avait de la fierté, de l'arrogance dans sa voix, et quel aplomb! Mais le petit coquin plaisait à lord Lynke car il fallait du courage pour parler ainsi; il est dur de faire la fine bouche quand on a le ventre creux. Sa maigreur prouvait qu'il n'avait pas souvent l'occasion de manger à sa faim.

El Gallo de Oro n'était pas loin. Hugo trouva l'auberge non pas luxueuse, mais propre et accueillante. Un appartement fut mis à sa disposition et l'aubergiste envoya un messager au vaisseau pour indiquer l'endroit où les bagages de Sa Seigneurie devraient être apportés. Derrière la maison, les écuries étaient convenables.

Le voyageur commanda à dîner et demanda qu'une bouteille de vin lui fût apportée aussitôt.

– Un jeune garçon viendra me voir dans une heure, ajouta-t-il. Qu'on le fasse monter ici.

– Oui, oui, Excellence.

– Peut-être sera-t-il suivi d'un tailleur que je désire voir aussi.

– Oui, oui, Excellence.

L'aubergiste s'en fut chercher la clé de la cave. Hugo s'assit et allongea ses jambes devant le feu. Que tout cela était donc assommant! Il prévoyait avec ennui l'inconfort, la monotonie du voyage, et quand il atteindrait Madrid, les choses ne seraient pas plus distrayantes.

Il jura entre ses dents, puis se ressaisit en comprenant qu'il devait s'en prendre à lui-même, ce qui ne le consola pas pour autant.

Il lui sembla entendre encore la voix de son oncle, le duc de Newcastle, secrétaire d'Etat aux Affaires étrangères, lui dire avec aigreur :

– J'ai honte de vous, Hugo!

– Je ne vois pas pour quelle raison!

– Je suis honteux et inquiet, répéta le duc.

– Peut-être, monseigneur, consentirez-vous à m'expliquer la raison de votre mauvaise humeur?

– Vous la connaissez aussi bien que moi. Car c'est immédiatement après mon entrevue avec lord Rustington que je vous ai fait appeler.

Lord Lynke s'attendait à l'attaque et ne cilla pas.

– Lord Rustington, reprit le duc, a tout découvert. Hugo, vous êtes le fils de ma sœur préférée; depuis la mort de votre père j'ai tenté de vous aider et de vous guider. Mais votre façon de vivre et les révélations de lord Rustington me prouvent que j'ai échoué lamentablement.

– Je suis navré si ma conduite vous chagrine, dit Hugo; mais puis-je vous rappeler que je ne suis plus un enfant et que je suis libre de vivre à ma guise?

Le duc de Newcastle soupira.

– A vingt-neuf ans, mon cher Hugo, vous commettez la même erreur que beaucoup d'autres. Nul d'entre nous ne peut vivre selon son caprice; nous avons des responsabilités, non seulement envers notre prochain, mais envers notre pays.

– Notre pays?

– Actuellement, un scandale suffirait à ébranler le trône d'Angleterre.

– Je n'avais pas pensé à cela, murmura Hugo.

– C'est bien ce que je craignais. Mais il se trouve que lady Rustington est dame d'honneur de Sa Majesté. C'est pour cela que son mari a préféré s'adresser à moi plutôt que de recourir au duel ou au divorce.

– Au divorce? répéta lord Lynke, effaré.

– Il faudrait pour cela un acte du Parlement; mais un homme dont la femme s'est conduite comme lady Rustington aurait vraiment le droit de l'exiger.

– Pauvre Charlotte! murmura Hugo. Il va sans dire que je suis prêt à m'acquitter de mon devoir envers elle.

Le duc de Newcastle parut sceptique.

– Vous me pardonnerez si je vous rappelle que vous n'avez rien fait pour les autres femmes que vous avez entraînées dans des scandales du même genre. Il y a eu, si mes souvenirs sont exacts, lady Winslowe, la jolie Mrs Fitzgerald, lady Margaret...

Lord Lynke esquissa un geste de protestation.

– Monsieur, épargnez-moi, je vous en prie, la liste de mes fredaines. Cette fois, c'est différent. Je... j'aime lady Rustington.

Le duc eut un sourire désabusé.

– Aimer est un bien grand mot, Hugo. Je suis certain que vous n'aimez que vous et que lady

Rustington n'est nullement désireuse de passer le reste de son existence en votre compagnie. En fait, elle a supplié à genoux son mari de lui pardonner.

– Il l'y a obligée!

– Peu importe, elle l'a fait. Lord Rustington ne consentira à passer l'éponge sur l'aventure que si vous partez immédiatement pour l'étranger.

– Je refuse! s'exclama le jeune homme. Deux de mes chevaux doivent courir à Newmarket la semaine prochaine et de gros paris sont engagés. Si Rustington s'imagine que je vais obéir...

– Je crains que vous n'ayez pas le choix, répondit sèchement le duc, car j'ai accepté à votre place les conditions posées.

– De quoi vous mêlez-vous! s'exclama Hugo, furieux.

– J'ai travaillé toute ma vie pour sauvegarder à l'étranger le prestige de l'Angleterre et la paix chez nous. A l'heure actuelle, nous ne pouvons permettre que des bruits scandaleux se propagent dans les cours d'Europe. Le jeune prétendant, Charles Stuart, n'attend qu'une occasion; le peuple est nerveux, le roi inquiet.

– Non sans raison; beaucoup de gens voudraient voir le prince Charles sur le trône.

– Les conditions imposées par lord Rustington concernent donc non seulement sa femme et vous mais la constitution anglaise tout entière.

– Vous me donnez bien de l'importance!

– Disons plus simplement que vous pouvez entraîner certaines difficultés. C'est pourquoi j'ai organisé votre départ pour l'Espagne.

– Pour l'Espagne? Pourquoi l'Espagne? Je ne

sais rien de ce pays, sauf sa langue que vous m'avez forcé à apprendre.

– Sage précaution, riposta le duc. Vous irez en Espagne pour deux motifs : la reine, Elizabeth Farnèse, a suggéré récemment l'idée d'un mariage entre la pupille du roi, doña Alcira, et un Anglais, union avantageuse pour les deux pays. Sur le moment, nous ne savions qui choisir...

– Et vous pensez que je conviendrais?

– Pas du tout, déclara froidement le vieil homme; mais en qualité d'éventuel fiancé de doña Alcira, vous aurez vos entrées dans les cercles royaux et diplomatiques de Madrid.

– La punition ne dépasse-t-elle pas l'offense? demanda le jeune homme avec une grimace.

– La punition, comme vous dites, ne sera peut-être pas aussi pénible que vous l'imaginez. Doña Alcira est la fille du feu duc de Cartillo. Mariée très jeune au comte de Talavera, elle a perdu son mari à la suite d'un accident de chasse et elle a hérité de tous ses biens en plus de ceux de son père; c'est l'une des femmes les plus riches d'Espagne, et, dit-on, une des plus belles.

– Et vous voulez que j'épouse une femme que je n'aime pas?

Le duc donna un coup de poing sur la table.

– Vous parlez toujours d'amour! Combien de femmes avez-vous déjà aimées? Je jurerais que vous avez oublié leurs noms!

Lord Lynke poussa un soupir de lassitude.

– Je suis persuadé qu'en voyant doña Alcira, vous croirez tomber amoureux d'elle comme des autres. De toute façon, votre tâche est de faire semblant : ceci est un ordre, venant de moi et surtout de Sa Majesté.

– De Sa Majesté? répéta Hugo, stupéfait. Mais... que pensent les Espagnols de ce projet?

– Voici une question pertinente. Nous ignorons la véritable raison de leur souhait : il pourrait s'agir d'une manœuvre. Il est certain que la reine d'Espagne ne songe qu'à reprendre Gibraltar, et nous n'y consentirons jamais. Autre chose : le gouvernement espagnol essaye toujours de détourner les engagements commerciaux qu'il a pris par le traité d'Utrecht; il fait tout ce qu'il peut pour entraver nos marchés avec l'Amérique.

– Et que viens-je faire dans cette histoire?

– Beaucoup de choses peut-être. Sir Benjamin Keene, notre ambassadeur à Madrid, me demande souvent des hommes de confiance qui pourraient l'aider à découvrir dans la politique de l'Espagne ce qui se trame sous des dehors pacifiques; il est sûr que quelque chose se prépare, mais sa situation l'empêche de chercher à découvrir ce qu'il en est. Ce serait là votre travail, Hugo, et personne ne vous soupçonnerait de penser à autre chose qu'à votre futur mariage.

Lord Lynke rit de bon cœur.

– Vraiment, mon oncle, je n'ai jamais entendu plan aussi enfantin de ma vie! Je ne pourrai vous servir à rien en ce domaine, et si vous croyez que je vais épouser cette Espagnole, vous faites erreur.

Le duc se leva, le regard glacial.

– Je crains qu'il n'y ait pas pour vous d'alternative, dit-il. L'un de nos vaisseaux marchands, l'*Aigle des Mers*, vous attendra au port de Southampton dans une semaine. Vous partez en tant que visiteur dans un pays ami, avec toutes les recommandations voulues. Tout sera mis en œuvre pour faciliter votre voyage.

– Cela semble fort séduisant, dit le jeune homme, ironique, mais...

– Il n'y a pas de « mais ». Si vous faites des difficultés, vous serez embarqué de force dans un navire en partance pour le Canada.

C'est ainsi que, dans cette auberge de Saint-Sébastien, Hugo Lynke regardait flamber les bûches dans la cheminée en songeant avec amertume à la femme qu'il avait l'ordre de courtiser.

– Que le diable l'emporte! gronda-t-il. Mais il est probable qu'elle n'éprouvera pour moi que de l'indifférence.

Il soupira en se rappelant ses chevaux de course, ses amis rassemblés autour des tables de jeux, les jolies femmes auxquelles il allait manquer, ainsi qu'aux cheveux épars de Charlotte et aux bras qu'elle passait autour de son cou. L'Espagne ne lui plaisait pas du tout; il se sentit soudain affreusement déprimé, souffrant du mal du pays comme un écolier.

Mais tout à coup, du fond de ses sombres pensées, monta le souvenir d'une petite voix :

« Je ne serai pas domestique! »

Il se mit à rire. Allons!... L'Espagne allait peut-être lui offrir quelques bons moments.

2

Le señor Padilla salua le client qui sortait et retourna derrière son comptoir. Les friandises qui faisaient sa renommée, s'entassaient ici et là dans sa boutique en désordre.

Un petit visage malpropre surgit par la porte du fond.

– Señor Padilla?

– C'est toi, Tomaso?

– Oui, señor. Regardez!

Une main sale brandit deux pièces d'or.

– Sainte Mère! s'exclama le commerçant. Où as-tu trouvé cela? Tu ne les a pas...?

– Non, je ne les ai pas volées. Comment osez-vous penser une chose pareille?

– Alors... qu'as-tu fait?

Tomaso raconta son aventure en quelques mots au señor Padilla qui fronça les sourcils.

– Tu veux partir avec cet Anglais? dit-il. Et tu t'imagines qu'un monsieur aussi instruit que lui ne va pas découvrir la vérité? A mon avis, tu ne le tromperas pas plus de cinq minutes!

En effet, quelle n'aurait pas été la surprise de lord Lynke s'il avait surpris cette conversation.

– Ventura, écoute... ou plutôt, señorita Ventura, écoutez-moi : je vous connais depuis votre naissance, depuis que votre maman venait faire ses emplettes en vous portant sur son bras. « Ma petite Ventura, qu'elle disait, elle va nous porter bonheur! »

– Je ne leur ai pas porté bonheur.

– Vous vous trompez, car grâce à vous ils ont été heureux jusqu'à leur mort.

Le petit corps chétif se redressa devant l'aubergiste.

– Et maintenant, c'est moi qui ai de la chance. Pourquoi cet Anglais irait-il s'intéresser à un pauvre page?

– Et cependant s'il découvre que...?

Un léger sourire apparut sur les lèvres de Ventura.

– A ce moment-là, je serai comme je l'espère déjà à Madrid. Peut-être qu'une fois là-bas, je découvrirai enfin pourquoi ma mère voulait tant que je m'y rende.

– C'est bien risqué, murmura señor Padilla, pensif.

– Si je reste ici, je serai encore obligée de travailler pour ce pourceau de fruitier. Aujourd'hui, il a même essayé de me battre!

– Vous n'auriez jamais dû aller chez lui, gémit Padilla. J'ai bien mal rempli ma mission de tuteur, señorita.

– Ne vous faites pas de reproche, dit Ventura en souriant. Vous m'avez sauvée de l'orphelinat où votre femme voulait m'envoyer, vous m'avez permis de dormir dans votre grenier, vous m'avez nourrie en cachette quand je n'avais rien à manger; personne n'aurait pu en faire davantage. Mais assez bavardé. Il faut que j'achète de quoi me vêtir décemment pour rejoindre mon maître. Je dois revenir ici avec le meilleur tailleur de la ville.

Ventura tendit les pièces d'or au commerçant.

– Señor, s'il vous plaît, courez vite chez Pedro, de l'autre côté de la rue, et achetez-lui le costume de velours qu'il vient de terminer pour le plus jeune fils du marquis de Galila.

– Tu crois qu'il acceptera de me le vendre?

– Si vous lui montrez l'or, il vous suppliera de le prendre, dit Ventura en riant, le marquis ne le paye pas depuis deux ans. Je n'ose y aller moi-même, il croirait que j'ai volé ces pièces. Demandez-lui aussi les chaussures sur lesquelles il cousait hier des nœuds de velours, elles me vont, et n'oubliez pas les bas.

– Est-ce tout, monseigneur? demanda Padilla en souriant.

– Oui, faites vite, je vous en prie.

– Je suis le serviteur de Votre Seigneurie!

Tandis qu'il s'éloignait, Ventura gagna la cour intérieure de la maison. Elle se dirigea vers la pompe et fit couler de l'eau sur son visage et ses mains puis les frotta jusqu'à ce qu'ils soient propres. Elle se glissa ensuite dans le cellier et, grimpa par une échelle dans le grenier où elle vivait depuis la mort de sa mère.

Ventura retira ses vêtements trempés, s'essuya vigoureusement, puis chercha du linge propre dans un vieux coffre, en choisissant ce qu'elle avait de moins féminin.

Elle entendit siffler dans la cour et aperçut par une lucarne, le señor Padilla.

– N'avez-vous rien oublié? lui demanda-t-elle avec inquiétude.

– Non. J'ai eu un peu de peine à tout obtenir, mais les pièces d'or ont fait merveille.

– J'en étais sûre. Pedro doit payer son loyer à la fin de la semaine.

– Comment faites-vous pour savoir tout ça? murmura Padilla sur un ton de reproche.

– Laissez le paquet en bas, je vais descendre le chercher. Un jour, je vous rendrai tout ce que je vous dois, señor Padilla.

Le commerçant rit sans conviction, mais obéit. Ventura descendit chercher les vêtements.

Elle eut vite fait de s'habiller : le costume de velours bleu foncé, avec ses boutons d'argent et son gilet de satin bleu pâle était fort élégant. Bien que coupé pour un jeune garçon, il lui allait parfaitement ainsi que les chaussures qu'elle avait essayées un jour où Pedro le tailleur lui faisait balayer son atelier. Les bas étaient grossiers, mais elle les remplacerait plus tard.

Elle se regarda dans un petit miroir et brossa ses cheveux en regrettant de les avoir coupés aussi court; jadis, ils descendaient jusqu'à sa taille, et faisaient l'admiration de tout le monde. Ils étaient noirs, comme ceux de sa mère, mêlés de quelques fils ardents hérités de la chevelure rousse de son père. La jeune fille trouva un bout de ruban dans le coffre et attacha ses cheveux sur sa nuque. Elle était prête.

Elle jeta un regard sur ce qu'elle possédait : la paillasse sur laquelle elle dormait depuis six mois, le prie-Dieu où elle avait tant imploré l'aide du Ciel. Et voilà qu'il l'exauçait. Elle allait enfin échapper à sa vie misérable, à sa solitude et à sa faim. Cela ne durerait peut-être pas longtemps; si son subterfuge était découvert, sans doute serait-elle obligée de revenir, mais elle aurait au moins connu quelques jours de bonheur.

Derrière la paillasse, elle prit un coffret de bois incrusté de nacre, qui avait appartenu à sa mère. Une petite clé d'or fermait la serrure.

« Ne t'en sépare jamais! lui avait recommandé la défunte. Où que tu ailles, emporte-le toujours avec toi. »

Après la mort de sa mère, Ventura avait vendu les quelques meubles restant, à l'exception du prie-Dieu et du coffret. Bien souvent, elle avait été tentée de s'en séparer quand la faim la torturait.

Elle s'était souvent interrogée sur la nécessité de conserver une telle merveille, mais malgré le dénuement dans lequel elle vivait, elle avait obéi aux ordres de sa mère.

A présent, elle allait emporter le coffret à Madrid. Peut-être lui porterait-il chance? Peut-être lui ferait-il découvrir ce que signifiaient les derniers mots de sa mère.

La jeune fille revit alors avec horreur l'instant fatidique où sur la place tranquille du marché, les chevaux du comte d'Ardissa s'emballèrent.

Elle s'était attardée devant l'étalage d'un bouquiniste, lorsque soudain alarmée par les cris de détresse de la foule qui tentait de s'échapper, elle se retourna et vit les chevaux foncer droit sur sa mère.

Elle n'eut pas le temps de crier, pas même le temps de respirer : les sabots heurtèrent la malheureuse qui tomba sous les roues du carrosse.

La jeune fille se fraya péniblement un chemin dans la foule et alla s'agenouiller auprès de sa mère. Elle ouvrit les yeux et tenta de remuer les lèvres.

– Va... à... Madrid, murmura-t-elle si bas que sa fille eut peine à distinguer les mots. Porte les... lettres... à...

Un frisson la secoua, sa tête retomba en arrière, les lèvres encore entrouvertes sur le mot qu'elle emportait avec elle. Ecrasée de chagrin, Ventura ne pensa plus aux lettres, puis dominant courageusement son désespoir elle commença à les chercher mais en vain.

Que voulait dire sa mère? Elle n'en avait aucune idée. Jamais auparavant, elle n'avait parlé de Madrid, sauf, parfois, pour décrire une fiesta. C'est alors que Ventura se rendit compte à quel point elle ignorait tout du passé de la pauvre femme. Elle ne savait même pas son nom de jeune fille et n'avait du reste jamais songé à s'en inquiéter. Par contre, elle connaissait le moindre détail de la vie de son père, qui parlait sans cesse de son pays et de son attachement à la cause des Stuart.

Avant de quitter son grenier, Ventura décrocha le vieux crucifix devant lequel elle priait si souvent et elle le mit dans le coffret; n'était-ce pas ce qu'elle possédait de plus précieux? Le coffret, certes, était plutôt destiné à contenir des bijoux, mais il était fort probable que la jeune fille n'en aurait jamais. Elle mit l'objet sous son bras et elle descendit l'échelle branlante avec précaution pour ne pas abîmer son bel habit.

Lorsqu'il la vit entrer dans le magasin, le señor Padilla poussa un cri d'admiration.

– Magnifique! Extraordinaire! On dirait un vrai

monsieur! Je ne vous aurais jamais reconnue!

Ventura se mit à rire, puis redevint grave.

– Señor, dit-elle, le moment est venu de se dire adieu.

– Que Dieu vous garde, mon enfant. Je penserai souvent à vous. Peut-être vous reverrai-je un jour...

– Jamais je n'oublierai tout ce que vous avez fait pour moi.

Elle prit la main de Padilla et l'appuya un instant contre sa joue.

– Que Dieu vous bénisse, dit-elle, car vous êtes bon. Adios.

– Adios, señor! répondit le brave homme. Que les saints du paradis guident vos pas!

Ventura sortit, jeta un regard sur la rue pour s'assurer qu'elle était déserte, puis s'y engagea. Dès qu'elle atteignit la rue principale, elle se mit à presser le pas.

Lorsqu'elle se retrouva quelques minutes plus tard dans l'auberge, elle fut prise d'appréhension. En somme, elle ne savait rien de son maître; s'il lui était sympathique, ce n'était pas seulement à cause de son élégance ou de sa générosité, mais parce qu'il portait en lui une assurance, une désinvolture qui manquaient aux Espagnols. En plus, il avait l'air de savoir ce qu'il voulait. Elle avait instinctivement confiance en lui : mais serait-elle à la hauteur de sa tâche?

Assis aux tables de la salle, des consommateurs buvaient dans une odeur de fumée de tabac et de cuisine. Voyant que la jeune fille hésitait sur le seuil de la porte, l'aubergiste s'avança vers elle.

– Désirez-vous quelque chose, señor?

– Je suis venu à la demande de lord Lynke...

– Ah! C'est exact. Il est dans un appartement privé. Si vous voulez bien me suivre...

En traversant la salle, Ventura entendit l'un des clients remarquer en termes crus que les garçons, en ces jours, étaient beaucoup trop jolis.

L'aubergiste ouvrit une porte au premier étage. Lord Lynke, qui se chauffait les pieds, leva nonchalamment la tête quand Ventura entra, puis haussa les sourcils avec surprise.

– Je suis... venu, monseigneur, comme vous me l'aviez demandé, balbutia-t-elle..

– Bonté divine! s'exclama le jeune homme.

Il la regardait avec une telle attention qu'elle se mit à trembler.

– C'est vraiment toi le petit va-nu-pieds que j'ai rencontré tout à l'heure? Je ne t'aurais jamais reconnu!

– Les vêtements y sont pour beaucoup, monseigneur.

– C'est ainsi que tu as dépensé mon argent? Eh bien! par ma foi, tu en as fait bon usage.

– Le tailleur est ici, annonça l'aubergiste en entrouvrant la porte.

– Envoyez-le-moi tout de suite.

Lord Lynke n'avait pas quitté son page des yeux.

– Jamais je n'aurais cru possible une telle transformation, dit-il. Tu vas certainement très bien jouer ton rôle. Enfin.. je l'espère.

– Quel rôle, monseigneur?

– Je te le dirai quand nous aurons vu ce

tailleur. Mais tu peux très bien te débrouiller seul. Dis-lui ce dont tu as besoin.

– Je ne sais pas, monseigneur, comment votre page doit être habillé.

– Evidemment, tu ne peux pas le deviner.

Le tailleur entra. C'était un petit homme au visage de fouine et au regard fuyant. Il connaissait bien son métier et comprit aussitôt ce qu'on attendait de lui.

– Je suis ici pour deux jours, lui dit l'Anglais. Que les vêtements soient prêts avant, autrement je partirai sans les prendre.

– Votre Excellence sera satisfaite.

Il prit les mesures de Ventura, puis lord Lynke le congédia d'un geste. La jeune fille resta debout au milieu du salon.

– Tu peux venir t'asseoir, lui dit Hugo.

Elle s'approcha du feu et prit un siège.

– Merci, monseigneur, dit-elle. Il faudra, je le crains, que vous m'appreniez quand je puis m'asseoir sans que vous m'y invitiez et quand je dois rester près de vous ou vous laisser seul. J'essaierai de tout me rappeler, mais, au début, ce ne sera pas facile.

En prononçant, ces derniers mots, elle se sentit soudain prise de faiblesse. Epouvantée, elle crut que le plancher se dérobait sous ses pieds et que la chambre tournait.

– Je... je vous demande... pardon, murmura-t-elle. C'est peut-être... la chaleur...

Elle se cramponna à sa chaise pour ne pas tomber. Lord Lynke se leva et alla remplir un verre de vin. Il le lui tendit.

– Bois ceci, dit-il.

Ventura obéit. Le vin lui brûla la gorge, mais elle retrouva son équilibre.

– Je suis... désolé, monseigneur.

– Ce n'est rien. Quand as-tu mangé pour la dernière fois.

– Ce... matin.

– Et pas beaucoup, évidemment.

Il tira le cordon de la sonnette. L'aubergiste parut.

– Apportez-nous quelque chose à manger, commanda-t-il. Viande, œufs, jambon... ce que vous avez sous la main.

– Mais, Excellence, votre dîner sera prêt dans une demi-heure!

– Ai-je parlé de dîner? Je vous ai dit de nous apporter n'importe quoi, froid ou chaud, mais tout de suite. Mon page a faim et moi aussi.

L'aubergiste partit en courant.

– Je vous demande pardon, murmura Ventura.

Hugo regarda la petite figure, si maigre et si pâle : il remarqua les veines bleues qui striaient ses mains fines.

– Jusqu'à notre arrivée à Madrid, tu mangeras avec moi, dit-il. Nous verrons si nous pouvons te mettre un peu de chair sous la peau et un peu de couleur sur les joues. Au fait, quel âge as-tu?

– Quinze ans, milord.

En réalité, Ventura avait dix-sept ans, mais un « garçon » de sa taille ne pouvait prétendre à cet âge, et plus jeune elle n'aurait pu convenir.

– Je suis très petit pour mon âge, ajouta-t-elle avec confusion.

– En effet! Le jeune Roderick qui devait m'accompagner a quinze ans aussi, mais il est deux fois comme toi.

– Je suis solide, ajouta la jeune fille.

– J'espère bien, car je déteste les malades.

Il parla d'un ton bref et Ventura pensa qu'il pouvait sans doute être dur, voire brutal. Elle remarqua son visage mélancolique et se demanda ce qui pouvait l'attrister. Elle avait déjà surpris la même expression sur le visage de son père lorsqu'il rêvait de son pays, de ses amis, de ses parents et de ses pairs, et de la cause pour laquelle il avait tout sacrifié.

– Pourriez-vous me parler de mon futur emploi? demanda-t-elle.

– Je ne sais trop comment te l'expliquer.

Il hésita, les yeux fixés sur les flammes et dit enfin :

– Etant donné ta double origine, je me demande de quel pays tu te sens le plus proche. L'Espagne, à cause de ta mère? L'Angleterre, où ton père est né?

– Mon père se considérait comme Ecossais.

– Peut-être, mais je suis sûr qu'il traitait d'étranger tout homme ne venant pas des îles britanniques.

Ventura se mit à rire.

– C'est vrai, comment avez-vous deviné? Quand il était fâché contre quelqu'un, il disait toujours que ces maudits étrangers ne comprenaient jamais rien!

– Officiellement, tu es anglais comme ton père. Tu portes son nom...

– Je pense souvent à l'Ecosse, dit doucement la jeune fille. Mon père en parlait tellement qu'il me semble presque y avoir vécu. Même si mon père en était exilé, l'Angleterre est mon vrai pays.

Elle sourit avec une certaine mélancolie.

– Je ne te demande pas de combattre les Espagnols, dit Hugo, je veux seulement que tu fasses pour moi une chose qui ne te sera pas difficile.

– Qu'est-ce que c'est?

– Je veux que tu ne parles que l'anglais, afin que les gens croient que tu es venu d'Angleterre avec moi. Et que tu feignes de ne pas savoir un mot d'espagnol; il faudra que tu penses en anglais pour être prêt à répondre comme il faut à n'importe quel moment. Il faudra également que tu écoutes tout ce qu'on dit autour de toi, et que tu me le répètes, si tu estimes avoir entendu quelque chose d'important. Est-ce clair?

– Parfaitement clair, mais comment saurai-je si ce que j'entends est important ou non?

Hugo lui jeta un coup d'œil perspicace.

– Je vais te l'expliquer. Et que cela reste entre nous, dit-il.

– Evidemment.

Ils furent interrompus par l'aubergiste qui entrait avec un plateau chargé de victuailles. Il le déposa sur une table devant la cheminée, et, malgré ses résolutions de se tenir convenablement, Ventura ne put s'empêcher de regarder avec envie le plat de viande froide, la langouste, le pain frais et la motte de beurre : il y avait bien longtemps qu'elle n'avait vu semblable étalage et elle se demanda même si elle avait jamais eu sous les yeux tant de nourriture à la fois.

– Mange! commanda lord Lynke.

Elle aurait voulu s'avancer lentement vers la table, mais s'y précipita malgré elle. Elle aurait voulu couper posément un morceau de pain et le beurrer comme si elle avait eu toute la vie devant elle, mais elle se retrouva mordant frénétiquement dans une tartine.

Elle se rappela soudain le rang de son maître.

– Mais... vous, monseigneur? Que désirez-vous?

L'idée de ne pas avoir songé à le servir d'abord la fit rougir jusqu'à la racine des cheveux.

– Continue, mon garçon, dit Hugo avec bonté. Je préfère attendre le dîner : je n'ai pas encore faim.

– Je suis impardonnable d'avoir commencé avant vous, murmura le page, confus.

– Je le comprends très bien; à moi aussi il m'est arrivé d'avoir faim. Mais jamais au point de m'évanouir! Mange, nous parlerons ensuite.

Il fallut un bon quart d'heure avant que Ventura s'aperçoive qu'elle ne pouvait plus avaler une bouchée; ce repas improvisé lui avait paru digne des plus grandes tables; elle avait même bu un peu de vin, versé par lord Lynke.

– Je crois que je n'aurai plus jamais faim! dit-elle.

Le jeune homme éclata de rire.

– Tu te trompes, l'appétit des garçons est insatiable. A ton âge, je regrettais qu'il y eût des intervalles entre les repas.

– Je vous en prie, milord, revenons à ce que vous me disiez tout à l'heure. Vous alliez m'expliquer pourquoi vous avez besoin d'un page qui puisse vous servir d'espion.

Hugo fronça les sourcils.

– Je n'ai jamais parlé d'espion.

– Mais n'est-ce pas ce que vous souhaitez?

Cela tenait-il au vin ou au repas? Elle n'avait plus peur de parler franchement.

– Eh bien! jouons cartes sur table. Si tu peux espionner pour moi, en effet, tu m'aideras considérablement dans la mission délicate que je dois remplir à Madrid.

– Et quelle est cette mission?

Hugo hésita.

– De me fiancer avec la femme la plus riche et la plus jolie d'Espagne, dit-il enfin d'un ton léger.

Ventura se sentit étrangement déçue, elle s'attendait à autre chose, à quelque chose de vital pour l'Angleterre. Elle se demanda si son interlocuteur lui disait la vérité, puis pensa que la chose était aisément vérifiable et qu'il ne pouvait guère mentir sur ce point.

– Connaissez-vous cette dame, milord?

– Je n'ai jamais posé les yeux sur elle, soupira le jeune homme. Mais en voilà assez pour aujourd'hui : nous aurons tout le temps d'en parler pendant le voyage. Y a-t-il quelque chose à voir dans cette maudite ville?

– Oui, demain il y a une course de taureaux.

– Cela ne m'intéresse pas.

– Ou bien une fête foraine en dehors de la ville, avec des animaux savants, des jongleurs...

– Cela ne m'amusera certainement pas non plus, répondit Hugo avec ironie.

Ventura cherchait obstinément autre chose.

– Oh!... dit-elle, il y a Juanita, au théâtre.

– Qui est Juanita?

– C'est une danseuse; elle est célèbre dans tout le pays.

– Voilà qui est plus alléchant. Est-elle jolie?

– On dit que si un homme voit Juanita, il ne regarde plus une femme de toute sa vie, dit Ventura, mais je pense que ce n'est pas vrai.

– J'en suis convaincu! répliqua l'Anglais en riant. Nous irons tout de même l'admirer. Les jolies femmes sont une monnaie commune à tous les pays, mais une monnaie rare!

Il tira le cordon de la sonnette.

– Mon dîner! commanda-t-il à l'aubergiste. Je le veux immédiatement. Je vais voir danser Juanita et je n'ai pas le temps d'attendre.

Il se tourna vers son page et le regarda avec malice :

– Ce soir, mon garçon, nous allons commencer ton éducation sur un sujet fort important pour les hommes : j'ai nommé les femmes!

3

Ventura luttait contre le sommeil : la chaleur de la salle, ainsi que tout ce qu'elle avait bu et mangé la terrassaient.

Il y avait bien longtemps qu'elle n'avait éprouvé les plaisirs de la chaleur et de la nourriture. Comme dans un rêve, elle entendit lord

Lynke redemander du vin, et, avec une satisfaction naïve, elle revit le menu du souper qui s'achevait à l'auberge d'*El Gallo de Oro*. Elle avait beaucoup trop mangé sans se rendre compte que des mois de malnutrition lui avaient rétréci l'estomac. Personne ne faisait attention à elle. Au bout de la table, lord Lynke, un verre à la main, enlaçait Juanita. Elle avait posé sa tête sur son épaule et le regardait amoureusement en collant ses lèvres rouges tout près des siennes.

Elle réussissait à le faire rire. Ventura fit une petite moue; elle savait à quoi s'en tenir sur Juanita. Personne, à Saint-Sébastien, n'avait aucune illusion sur elle : fille d'un gitan et d'une ballerine, élevée par une nourrice, elle avait dansé dès qu'elle avait su se tenir debout. Par la suite, engagée par des directeurs de théâtre, remarquée et protégée par d'éminents personnages, elle se produisit partout en Espagne. Mais elle revenait chaque année à Saint-Sébastien.

Ventura l'avait vue danser quand son père vivait encore. Aujourd'hui, en l'observant de près, elle la trouvait singulièrement vieillie. Juanita n'avait pas encore trente ans, mais sa vie agitée creusait des rides autour de ses yeux, amaigrissait son cou et faisait trembler ses mains.

Ce n'était pas qu'elle dansait trop, mais elle ne se reposait ni le jour ni la nuit. Il y avait trop de réceptions pour elle, trop d'alcool et trop d'amoureux. Lord Lynke en avait invité à souper une demi-douzaine. L'un d'eux, tout jeune, fatigué de rester immobile, se leva et se mit à danser en claquant des talons et en imitant les gestes du toréador. Entraînant la femme qui l'accompagnait, un autre convive les rejoignit. Leur démarche était incertaine, leurs rires trop bruyants, et Ventura, assise, le menton dans sa main se demandait pourquoi les hommes ont l'air aussi bête quand ils boivent trop. Elle avait bien envie d'aller se coucher.

C'était le second soir où lord Lynke soupait avec Juanita et ses familiers. Habituée à s'éveiller tôt le matin, Ventura manquait de sommeil.

« Il faut que je m'y fasse », se dit-elle.

Hugo lui avait confié qu'une soirée passée en solitaire équivalait pour lui à une soirée perdue. Comment, se demandait Ventura, pouvait-il prendre du plaisir en la compagnie de cette beauté tapageuse et artificielle? Elle ressentit un peu de dégoût en voyant la danseuse passer un bras autour du cou de son maître.

– Comme vous êtes fort et beau! murmura-t-elle d'une voix caressante. Je ne savais pas que les Anglais étaient aussi séduisants!

« Elle doit dire cela à tous les hommes qu'elle rencontre! » pensa Ventura en se retenant de bâiller.

Le moment vint où il lui devint impossible de rester éveillée. Espérant que nul ne la remarquerait, elle se leva de table discrètement et alla s'asseoir au coin de la cheminée. Elle s'assoupit aussitôt.

Quand elle s'éveilla au bruit d'une bûche qui s'écroulait dans le foyer, elle constata que tout le monde était parti, sauf lord Lynke et Juanita. Ils buvaient toujours, serrés l'un contre l'autre, et Ventura s'aperçut qu'ils discutaient. La danseuse ne semblait pas obtenir ce qu'elle voulait.

– Viens! murmurait-elle, les yeux à demi clos. Il fait presque jour... je t'aime... je t'aime tant!

– Buvons encore un peu, répondit lord Lynke.

Il réclama du vin à grands cris et, ce faisant renversa une bouteille qui tomba et se brisa en mille morceaux.

– Nous avons assez bu comme ça, dit Juanita.

– Je veux boire encore! insista-t-il.

– Regarde-moi...

– Tu es très belle : je veux boire à ta beauté.

Elle se serra davantage contre lui et lui tendit ses lèvres.

Ventura remua un peu, gênée d'être l'unique témoin de cette scène. L'attention des deux buveurs se porta aussitôt sur elle.

– Cet enfant devrait être au lit! s'exclama Juanita.

– Oui... j'aurais dû y penser, grogna lord Lynke. Va te coucher, petit, ajouta-t-il sur un ton familier.

Ventura était pâle de fatigue.

– Je suis aux ordres de Votre Seigneurie, si elle a besoin de moi...

Lord Lynke sourit.

– Je n'ai pas besoin de toi, bêta! Ne vois-tu pas que je suis occupé?

Puis, s'adressant à Ventura en anglais, il ajouta :

– Que penses-tu de cette femme? N'est-elle pas belle et désirable?

– Pas à mon avis, monseigneur.

– Comment? Tu ne la trouves pas belle?

– Cela doit dépendre du goût de chacun, monseigneur.

– Eh bien! je t'assure qu'elle est tout à fait à mon goût. Du reste, que pourrais-je faire dans ce pays perdu? Je crois que je vais la prier de nous suivre à Madrid, elle nous distraira pendant le voyage.

Ventura sourit dédaigneusement.

– Je crains que vous ne vous y preniez trop tard, milord. Elle part demain pour la France avec la troupe du théâtre. Elle a promis à son amoureux, qui soupait avec vous ce soir, de lui jeter vos vêtements par la fenêtre dès que vous serez endormi.

Lord Lynke regarda Ventura, les yeux ronds.

– Le diable t'emporte! Tu mens!

– Pourquoi donc croyez-vous qu'elle désire tant vous attirer dans sa chambre?

Juanita caressa la joue de lord Lynke pour se rappeler à son attention.

– Pourquoi t'occupes-tu de ce gamin? demanda-t-elle. Parle-moi. Je t'aime! viens, mon amour!

Hugo la regarda, puis se retourna vers Ventura.

– Va te coucher, dit-il. Tu déraisonnes.

– J'y vais, milord. Vous trouverez votre épingle de cravate dans une petite pochette de soie qu'elle porte accrochée à sa jarretière gauche.

Machinalement, la main de lord Lynke chercha l'épingle sertie de diamants et de saphirs qu'il portait en venant souper. Elle n'était plus à sa place. Il frappa du poing si violemment que les verres s'entrechoquèrent sur la table.

– Enfer et damnation! s'exclama-t-il. C'est à croire qu'il est impossible de s'amuser quand tu es là!

Ventura sortit sans bruit de la pièce et regagna sa chambre en souriant. Elle n'avait jamais entendu Juanita projeter de dérober ses habits à lord Lynke, mais elle s'était contentée de transposer un événement drôle arrivé récemment à Séville : l'histoire du pauvre amoureux laissé en chemise par la beauté en fuite avait fait rire l'Espagne tout un hiver. Par contre, elle avait fort bien vu la danseuse s'emparer de l'épingle au moment où elle passait ses bras autour du cou de l'Anglais; ensuite, elle s'était baissée pour ajuster sa jarretière. Hugo n'avait évidemment rien remarqué.

« Les hommes sont des enfants; il faut toujours veiller sur eux! » disait souvent sa mère à Ventura.

Lord Lynke était-il un enfant? Oui, sans doute, et un enfant terriblement gâté. La vie auprès de lui ne serait probablement pas facile, mais elle serait sûrement bien remplie. La jeune fille se déshabilla et se mit au lit. Mais, en dépit de sa fatigue, trop préoccupée par ce qui pouvait se passer en bas, elle n'arrivait pas à s'endormir. C'est alors qu'elle se rendit compte qu'elle détestait Juanita.

Tout à coup, elle retint son souffle : elle venait d'entendre le pas pesant d'un homme dans l'escalier. Les pas se dirigèrent vers la chambre de lord Lynke et la porte claqua derrière lui...

Il faisait grand jour quand elle ouvrit les yeux : confuse, elle sauta de son lit. La cloche d'une église tinta au loin. Il était neuf heures; dans une heure, ce serait le départ pour Madrid. Il ne s'agissait pas d'être en retard.

Elle versa de l'eau dans une cuvette, se lava prestement, puis s'habilla. Elle était juste prête lorsqu'une voix lui annonça derrière la porte l'arrivée du tailleur. La jeune fille ouvrit et se trouva en face de Simon, le valet de lord Lynke, et de Minito, le tailleur. Ce dernier apportait les deux costumes que lord Lynke avait commandés pour son page.

Les vêtements étaient magnifiques, et il suffit au tailleur de regarder Ventura pour deviner sa joie.

– Je suis heureux que vous soyez content, señor, dit-il. Mon frère et moi avons travaillé nuit et jour.

– Avez-vous apporté les chaussures et les bas?

Fidèle à la consigne, elle parlait anglais. Le tailleur ne comprit pas. Elle montra ses jambes et ses pieds.

Minito ne les avait pas oubliés, et il en profita pour rappeler à Ventura que les boucles de ses souliers étaient en argent massif.

– J'ai peur que Sa Seigneurie ne trouve le prix trop élevé.

Ventura fit un geste vague pour indiquer qu'elle ne comprenait pas.

– Combien? demanda-t-elle en faisant semblant d'écrire dans sa main.

Le tailleur prit un papier et y inscrivit un chiffre qui lui parut vertigineux. Elle se souvint des sommes dépensées la veille et l'avant-veille pour les soupers, et la comparaison la rassura.

– Un instant, dit-elle.

Elle alla frapper à la porte de son maître qui déjeunait de bon appétit.

– Bonjour, dit-il. As-tu déjeuné?

– Pas encore, milord : j'ai peur d'avoir trop dormi.

– Le sommeil du juste! dit-il ironiquement.

– J'étais fatigué, milord...

– Eh bien! je te fais grâce de mes reproches, mais tu peux te vanter d'avoir gâché ma soirée.

Ventura ne put s'empêcher de jeter un regard sur la table : l'épingle de cravate en pierres précieuses brillait au soleil, près d'une montre d'or et d'une chevalière.

– Oui, elle me l'avait effectivement volée, dit Hugo qui avait surpris le regard de son page. Sacrebleu! j'ai été pris à mon propre piège! Je t'ai demandé d'espionner et tu l'as fait. Je ne te blâmerai pas, car j'ai constaté cette nuit que tu avais dit vrai.

– Que s'est-il passé avec Juanita?

Lord Lynke se mit à rire.

– Je l'ai mise à la porte. Avant de s'en aller, elle m'a dit ce qu'elle pensait de moi en termes peu flatteurs. Je l'ai beaucoup déçue évidemment.

Ventura ne put s'empêcher de glousser et tous deux finirent par rire de bon cœur.

– Votre première impression des Espagnoles n'aura pas été fameuse, monseigneur, remarqua Ventura d'une voix suave.

Lord Lynke lui jeta un regard perçant.

– Si tu continues sur ce ton, tu changeras vite d'avis sur les Anglais.

La menace était claire. Ventura baissa la tête.

– Pardonnez-moi, milord.

– C'est bon. Va déjeuner maintenant, nous allons partir bientôt.

– Le tailleur est là, milord; il a apporté tout ce que vous lui avez commandé.

– Et il veut être payé, je suppose. Combien?

Ventura indiqua le chiffre et, à son grand soulagement, Hugo ne fit aucun commentaire. Il lui tendit une bourse.

– Va le payer, commanda-t-il.

La jeune fille alla remettre à Minito les pièces voulues, reçut l'expression de sa gratitude, puis referma la bourse et la rapporta à lord Lynke qui la jeta sur la table.

– Combien as-tu gardé pour toi? demanda-t-il.

D'abord, Ventura ne comprit pas, puis elle se redressa, le regard courroucé.

– Je ne vole pas, milord.

– Tu me l'as déjà dit.

La jeune fille se mit à trembler.

– Si vous n'avez pas confiance en moi, dit-elle d'une voix sourde, j'aime mieux ne pas venir avec vous. Je n'ai jamais volé de ma vie, même quand j'avais faim, et après ce que vous avez fait pour moi je ne vous volerais pas, même si ma vie était en jeu!

Le ton de sa voix témoignait de son honnêteté et de son attachement à son maître. Tout à coup, elle se sentit au bord des larmes. Lord Lynke se tut. Elle se dirigea, désespérée, vers la porte lorsqu'une phrase l'arrêta :

– Je plaisantais.

Elle se retourna, et il vit son visage blême. Il grommela :

– Si je t'ai bouleversé, oublie-le. Bonté divine, c'est un comble d'être obligé d'implorer le pardon de mon page!

Agacé par le silence de Ventura, il demanda avec impatience :

– N'es-tu pas satisfait? Qu'attends-tu?

– Je voulais seulement vous dire que vous pouvez avoir confiance en moi, répondit-elle. Aussi longtemps que je demeurerai près de vous, je vous servirai de tout mon cœur et de mon mieux.

Les larmes lui brûlaient les yeux; elle sortit précipitamment et retourna dans sa chambre. Ses beaux costumes étaient étalés sur le lit. L'un était de velours noir assorti à un gilet de brocart rouge et argent. L'autre était bleu pâle, avec des boutons rouges, et un gilet tissé de toutes les fleurs des champs. Ventura les emballa soigneusement avec les accessoires dans une petite malle qu'elle avait achetée la veille, puis elle appela Simon pour le prier de la descendre.

Simon était un brave garçon timide et pacifique; à lui comme à ses autres serviteurs, lord Lynke avait dit que Ventura était le fils d'un de ses vieux amis, rencontré par hasard à Saint-Sébastien, et qui avait consenti à lui confier l'enfant pour remplacer Roderick Lane.

– Il faudra que nous te trouvions un nom plus anglais, avait dit Hugo à son page après que le tailleur eût pris ses mesures.

– J'aimerais porter le prénom de mon père, répondit-elle. Il s'appelait Ian.

– Et quel était son nom?

Ventura baissa les yeux avec embarras.

– Pardonnez-moi, dit-elle, je ne peux pas vous le dire car des raisons graves m'en empêchent.

Lord Lynke, surpris, n'insista pas.

– Cela te regarde, dit-il. Pourtant, un prénom ne suffit pas : as-tu quelque idée pour le compléter?

– Mon père avait un ami dont il parlait souvent et qui s'appelait Cameron.

– Ian Cameron? Ce sera parfait.

Simon empoigna la malle de Ventura.

– Allez vite déjeuner, Mr Cameron, dit-il. Vous avez besoin d'engraisser un peu! Avez-vous été malade?

– Oui, j'ai été malade cet hiver, répondit la jeune fille en croyant qu'elle allait justifier sa maigreur par cet innocent mensonge.

– Je comprends. Allez vite, Sa Seigneurie va bientôt descendre.

– Merci, Simon. Vous êtes gentil.

Elle se demanda pourquoi tous les serviteurs de lord Lynke étaient si attentionnés à son égard; sa mine y était évidemment pour quelque chose. Son mince visage pointu et ses joues creuses, sa petite taille inspiraient certainement pitié. Elle constata une fois de plus en passant devant une glace que ses vêtements destinés à un garçonnet beaucoup plus jeune qu'elle étaient bien trop larges pour son corps frêle.

« Il faut que j'apporte plus de soin à ma mise », se dit-elle.

Elle se rappela ce qu'elle était du vivant de son père. Un jour, par hasard, elle l'avait entendu dire à sa mère :

« – Cette enfant sera une beauté!

« – Et elle a une bonne nature, ce qui est mieux encore.

« – Pour séduire les hommes, c'est la beauté qui prime! »

Ventura se fit une petite grimace dans le miroir.

– Eh bien, je me demande qui pourrait me trouver belle en ce moment!

Elle se rendit dans la petite salle où l'attendait un repas copieux, mais quelques bouchées suffirent à la rassasier.

« Il faut que je me force chaque jour à manger un peu plus, décida-t-elle. Evidemment, on ne peut pas se mettre à manger du jour au lendemain lorsqu'on a perdu depuis des mois l'habitude de faire un vrai repas. Maintenant, on m'en offre trois ou quatre par jour, mais inutile de me presser; en allant trop vite, je me rendrais malade. Je m'habituerai petit à petit. »

Lord Lynke apparut au moment où elle terminait son repas. Il était en habit de cheval. Ses hautes bottes montaient jusqu'aux cuisses. Il posa son tricorne sur la table.

– Achève ton déjeuner, dit-il en voyant que Ventura se levait.

– J'ai terminé, monseigneur.

– Dans ce cas nous partirons dès que les bagages seront prêts. Je monterai à cheval la plupart du temps.

Ventura fut déçue; elle aurait aimé qu'il soit

avec elle dans le carrosse. Il devina ce qu'elle pensait et sourit.

– Je te rejoindrai peut-être après le repas de midi. L'aubergiste m'a dit qu'il y a un endroit où se restaurer à trois heures d'ici. Je ne veux pas que ce voyage dure trop longtemps.

– Je crois que les routes sont bonnes, dit Ventura.

– Très bien, comme ça mes chevaux iront vite.

Ils sortirent de l'*El Gallo de Oro,* et Ventura constata que son maître n'avait rien exagéré en vantant son écurie : ses chevaux étaient magnifiques. Six d'entre eux tiraient le carrosse peint aux couleurs de ses armoiries tandis que quatre autres étaient montés par des valets. Les bagages s'empilaient sur le toit de la voiture. Simon alla s'asseoir à côté du cocher, lord Lynke paya le propriétaire de l'auberge et monta sur un admirable étalon noir qui dansait sur place dans sa hâte de partir.

Ventura s'installa dans le carrosse qu'on venait d'ouvrir pour elle et remarqua les sièges confortablement rembourrés, les coussins ainsi que la chaufferette pour les pieds. Mais elle se sentit très petite et très seule. La grande aventure commençait : serait-elle assez forte pour aller jusqu'au bout?

– Adios! cria l'aubergiste. Que Dieu vous garde!

– Adios! répondit lord Lynke.

Et le carrosse s'ébranla.

Le cortège suivit les rues de la ville; dès qu'il atteignit la campagne, lord Lynke partit en avant : il semblait ne faire qu'un avec sa monture. Ventura les suivit des yeux par la fenêtre de la voiture et les vit disparaître à l'horizon. Elle se retourna alors et contempla la cité qu'elle quittait. Le soleil luisait sur les toits; au loin, la mer miroitait; sur le ciel se dessinait le clocher de l'église derrière lequel ses parents dormaient dans leur tombe.

Elle songea soudain au passé qu'elle abandonnait derrière elle et pensa à son destin avec effroi; terrorisée par tout ce qu'elle allait devoir affronter.

Elle se laissait emporter en tremblant vers une existence nouvelle. Elle leva les yeux et vit Hugo qui revenait. La vitesse de sa course soulevait les pans de son habit. Il souriait, heureux et triomphant.

A sa vue, son angoisse la quitta subitement. La vie n'est pas seulement une dangereuse aventure, elle est passionnante, merveilleuse. La jeune fille en eut la certitude au moment précis où lord Lynke passait devant elle et la saluait de sa cravache.

4

La pluie qui commençait à tomber immobilisa le carrosse. Lord Lynke mit pied à terre, secoua son tricorne mouillé et monta dans la voiture.

– Il va certainement pleuvoir toute la nuit, dit-il alors que l'attelage se remettait en route.

Se pliant à son rôle de page, Ventura avait pris place face à son maître, le dos tourné à la route.

– Quand arriverons-nous à l'étape, monseigneur? demanda-t-elle.

– Dans deux heures, je pense.

Il allongea ses jambes.

– Par Jupin, je suis courbatu! Je n'ai pas monté depuis un mois, et j'ai l'impression d'avoir le corps raide comme une barre de fer!

Ventura n'en fut pas surprise; à part la halte du déjeuner, il était resté en selle depuis leur départ de Saint-Sébastien. Sept heures en selle sans entraînement préalable auraient épuisé n'importe qui.

Elle remarquait l'exceptionnelle vigueur de lord Lynke. Il possédait, sous son apparence de nonchalante élégance, une force musculaire que personne n'aurait soupçonnée au premier abord.

– Tu t'ennuies? demanda-t-il à Ventura.

Elle fit non de la tête.

– La journée a effectivement été longue, mais j'ai regardé le paysage par la fenêtre et cela m'a beaucoup intéressé.

– Tu te contentes de peu; ce pays sauvage et aride ne me plaît guère.

Il avait l'air déprimé. Pour lui changer les idées, la jeune fille s'empressa de lui parler des plaisirs de Madrid.

– Vous trouverez là-bas de quoi vous distraire, monseigneur.

– Doña Alcira incluse, je suppose.

– Doña Alcira?

C'était cette femme que lord Lynke devait épouser...

– Si elle est belle, observa Ventura, votre tâche sera pleine d'agréments, milord.

– Et si elle ne l'est pas, qu'y puis-je faire? Tu es un bon garçon, Ian, mais tu ne me remonteras pas le moral de cette manière. Cependant, je pense qu'il y aura des compensations : Juanita m'a beaucoup vanté les danseurs de flamenco.

– Je ne crois pas que Juanita soit très bon juge en la matière.

– Au contraire, elle a de l'expérience. Nous irons voir ces danseurs, et qui sait? Peut-être que parmi eux nous trouverons pour nous amuser une Juanita qui n'aura pas les doigts aussi agiles que l'autre.

Ventura soupira.

– Il y a autre chose à voir à Madrid, milord. La cour...

– Ne m'en parle pas! Toutes les cours sont ennuyeuses à mourir, elles sont pleines d'individus pompeux et suffisants qui passent leur temps à manœuvrer pour attirer sur eux l'attention du roi. Non, nous trouverons mieux à faire, je te le jure.

Ventura ne dit rien et, un moment après, Hugo reprit :

– Naturellement, tu seras libre de te divertir comme tu l'entends, et ceci me rappelle que tu auras besoin d'argent. Je te verserai un salaire convenable.

– Un... salaire?

– Pourquoi cet air étonné? remarqua Hugo en souriant. N'y a-t-il pas dans la Bible une phrase disant qu'un travailleur est digne de gagner ses gages?

Ventura se raidit.

– Votre précédent page recevait-il... un salaire?

– Roderick avait de la fortune, ce n'est pas la même chose.

– J'ai pris sa place, dit la jeune fille. Je ne veux rien de plus que ce que vous m'avez déjà donné, milord.

– Petit imbécile! s'exclama Hugo, tu auras besoin d'argent pour acheter ce dont tu auras envie! Je te donnerai deux guinées par semaine, ou du moins leur équivalent en monnaie espagnole.

– Merci, milord, mais je n'en veux pas.

– Eh bien! tu les auras quand même!

– Excusez-moi, monseigneur, mais je refuse!

Lord Lynke se redressa brusquement.

– Que signifie cette histoire? Il te faut de l'argent, il en faut à tout le monde! Tu ne peux pas te promener dans Madrid sans un sou en poche. Tu prendras ce que je te donnerai, sans discuter.

Les yeux bleus de Ventura se heurtèrent au regard gris de son maître avec la vivacité de l'éclair.

– Je ne prendrai pas votre argent! déclara Ventura. Je suis votre page, je ne suis pas un laveur de vaisselle ou un valet d'écurie.

Lord Lynke éclata de rire.

– Est-ce là ce qui te gêne? Ma parole, tu es aussi susceptible qu'une femme!

Il reprit son sérieux :

– De toute façon, c'est moi qui donne les ordres. Tu auras deux guinées par semaine à partir d'aujourd'hui.

Il mit la main dans sa poche.

– Si vous me donnez de l'argent, dit Ventura, les dents serrées, je le jetterai par la fenêtre.

– Vraiment?

Lord Lynke la regarda, les sourcils froncés.

– Ecoute, petit, dit-il, comprenons-nous bien. Je ne veux pas d'un page indiscipliné; si tu jettes cet argent par la fenêtre, tu iras le rejoindre, à moins que tu préfères rentrer à pied à Saint-Sébastien. Choisis!

Il y eut un long silence. Les yeux bleus fixaient les yeux gris. Enfin, Ventura baissa la tête.

– Très bien, monseigneur, dit-elle d'une voix à peine perceptible, puisque vous m'y forcez, je prendrai l'argent.

– C'est bon.

Lord Lynke jeta deux pièces sur le siège à côté de son page.

– Je commence à comprendre pourquoi ton dernier employeur voulait te battre, dit-il. Je te prie de te rappeler à l'avenir que j'entends être obéi.

– Oui, monseigneur.

Sa voix manquait d'assurance. Ventura prit les pièces et les glissa dans la poche de son habit, puis elle détourna la tête et regarda par la portière le soir descendre sur la campagne.

Hugo, qui s'était perdu dans ses pensées, jeta après un long moment un coup d'œil sur son jeune compagnon dont le profil se découpait sur la vitre. Le front bombé, le petit nez élégant, la bouche sérieuse et la ligne orgueilleuse du cou lui plaisaient. Ce garçon était fils de gentilhomme, cela ne faisait aucun doute, et il se demanda une fois de plus qui pouvait bien être son père. Puis, il chassa impatiemment sa curiosité. Il était ridicule de se soucier d'un gamin qui était encore en âge d'aller à l'école. Il essaya de se souvenir de Charlotte, mais il trouva difficile de retrouver l'image précise de sa beauté rose et blonde. L'Angleterre semblait terriblement lointaine. Il mit ses pieds sur la banquette à côté de Ventura, tira son chapeau sur ses yeux et essaya de dormir.

Ventura, quant à elle, se faisait des reproches. Son orgueil l'avait entraînée en une scène inutile, songeait-elle. Lord Lynke avait raison, elle ne pouvait se passer d'argent, mais il lui déplaisait, cependant, d'accepter le sien.

« Je ne suis pas raisonnable! » se dit-elle.

Des larmes de fierté meurtrie piquèrent ses yeux. Les voyageurs gardèrent le silence jusqu'au moment où, la nuit tombant, les chevaux fatigués ralentirent leur allure et s'arrêtèrent enfin devant une auberge.

Ils se trouvaient au sommet d'une colline boisée, sur une route défoncée, très différente de celles qu'ils avaient empruntées pour venir de Saint-Sébastien. Lord Lynke émergea de son assoupissement et, dès que la voiture fut immobile et la portière ouverte, il sortit du carrosse sans adresser un mot à Ventura qui le suivit.

L'auberge n'était pas accueillante. Le bâtiment peu élevé, grossièrement construit, avait grand besoin de réparations. Le propriétaire parut sur le seuil, en essuyant ses mains à son tablier. C'était un homme au teint basané, au regard fuyant, qui déclara n'avoir qu'une chambre libre. Il parlait avec un fort accent qui rendait ses propos difficiles à comprendre, et Hugo adressa à son page un regard interrogateur.

– Il dit qu'il n'a qu'une seule chambre, traduisit Ventura, mais qu'elle a un grand lit.

– Eh bien! il faut prendre ce qu'on nous offre, les chevaux ne peuvent aller plus loin, ce soir. Je vais voir comment sont les écuries.

Son cœur se serra dans sa poitrine : où allait-elle dormir? Elle faillit désobéir aux ordres et s'adresser en espagnol à l'aubergiste, mais elle résista à la tentation et, quand Hugo reparut, annonçant que les écuries n'étaient pas fameuses mais qu'il faudrait s'en contenter, elle lui demanda timidement s'il ne pouvait pas réclamer une petite chambre pour elle.

– De quoi t'inquiètes-tu? lui demanda-t-il avec bonne humeur. Nous ne dormirons pas longtemps dans ce nid à puces! Tu verras, je ne suis pas mauvais compagnon de lit; tous ceux qui ont dormi avec moi affirment que je ne ronfle pas.

Il prit Ventura par l'épaule et entra avec elle dans la salle de l'auberge où l'hôte leur apporta du vin rouge en promettant que le dîner serait bientôt prêt.

– Je crains bien qu'il soit immangeable, soupira Hugo. Viens te chauffer, petit, tu as l'air gelé!

Il ne s'était pas trompé. Ventura avait de plus en plus froid sur la dernière partie du trajet et elle n'avait pu s'empêcher de frissonner. Le vin fit un peu rosir ses joues et la chaleur du feu lui fit du bien. Lord Lynke activa le brasier en donnant des coups de pied dans les bûches.

– Quel sale pays! maugréa-t-il.

Pour une fois, Ventura était de son avis. Le dîner fut déplorable et la chambre, qu'on leur avait montrée avant de servir le repas, était minuscule et sombre. Le lit à colonnes était garni d'oreillers crasseux et d'une couverture en lambeaux. Par bonheur, Simon avait apporté ce qu'il fallait; il mit des draps propres, apporta des couvertures, balaya la pièce et y alluma du feu. Il apporta ensuite de l'eau chaude pour la toilette de son maître.

– Je vais me laver en bas, dit Ventura qui fila pendant que son maître retirait son habit.

Simon lui montra le chemin de l'office.

– Où dormirez-vous? demanda-t-elle.

– Dans le grenier avec les autres. Nous n'y serons pas trop mal; au moins le foin est propre.

– Vous avez de la chance.

Pendant le dîner, elle se demanda si elle pouvait dire à son maître qu'elle préférait le foin à une place dans son lit. Si lord Lynke découvrait qu'elle était une femme, pensait-elle avec désespoir, il la renverrait à Saint-Sébastien. Et pourtant, il lui fallait se rendre à Madrid pour obéir aux dernières volontés de sa mère. « Va à Madrid, avait dit celle-ci, porte les lettres à... » Aller à Madrid... Pourquoi? Jamais auparavant elle n'avait parlé de cela. Et de quelles lettres s'agissait-il?

Une chose, du moins, était certaine : Ventura

devait aller à Madrid par n'importe quel moyen. Rien ni personne ne devait l'empêcher d'y parvenir.

Le repas s'acheva tardivement et lord Lynke annonça en bâillant qu'il allait se coucher.

– Nous partirons dès qu'il fera jour, déclara-t-il. Je refuse de rester un instant de plus dans ce trou misérable.

Il se leva de table et Ventura en fit autant.

– Je vais appeler Simon et je viendrai vous rejoindre, monseigneur, dit-elle.

Elle eut soudain une idée.

Elle alla chercher le valet, puis remonta l'escalier en courant pour arriver avant lui. Lord Lynke, debout au milieu de la chambre qui avait l'air trop petite pour lui se débarrassait de son épée.

– Je viens de parler à l'aubergiste, monseigneur, dit Ventura. Un client vient de libérer une chambre.

– Je ne l'en blâme pas, répliqua Hugo. Très bien, va dormir; j'espère que les lits seront bons.

– Merci, milord, bonne nuit.

Ventura dégringola l'escalier et croisa Simon qui montait avec un broc d'eau chaude. Elle lui sourit sans rien dire, car elle ne voulait pas risquer d'être questionnée.

En bas, la salle était vide. Ventura entendit les cochers et les serviteurs auxquels l'aubergiste servait à boire, rire dans la cuisine.

Elle regarda autour d'elle : l'endroit était meublé de quelques chaises, d'une table et d'un vieux buffet, mais, elle avait remarqué pendant le dîner une espèce d'alcôve fermée par un rideau usé, au fond de la pièce.

Elle tira le rideau et vit que le renfoncement servait à entreposer des objets mis au rebut, chaises cassées, vieux balais, mais il y avait aussi une pile de paillasses qu'on devait aligner dans la salle quand il y avait trop de voyageurs à héberger.

La jeune fille secoua la paillasse du dessus pour la rendre un peu plus moelleuse, retira ses chaussures et s'étendit en se couvrant de son habit. Elle était si fatiguée qu'elle sombra aussitôt dans un demi-sommeil.

Elle s'y abandonnait avec délices quand elle entendit s'ouvrir la porte d'entrée : des pas retentirent dans la salle. Il y avait peu de chances pour qu'on la découvrît là, mais elle déplora l'arrivée de ces intrus qui la réveillaient. Cependant, elle tendit l'oreille malgré elle. Ces nouveaux clients se conduisaient d'étrange manière. Ils étaient deux, et, après avoir refermé la porte sans bruit, ils se mirent à chuchoter. Ils allaient et venaient dans la salle sur la pointe des pieds; sans les voir, Ventura les imaginait assez lourds. Pourquoi se donnaient-ils tant de mal pour passer inaperçus?

Lorsqu'ils s'approchèrent du feu, la jeune fille put enfin les entendre :

– Il est là; c'est bien son carrosse.

– Tu en es sûr?

– Oui. Les armes portent un aigle couronné; c'est bien cela qu'on nous a décrit.

– Que devons-nous faire?

– Nous allons attendre qu'il s'endorme.

– Et l'aubergiste? Faut-il lui dire que nous sommes là?
– Surtout pas! Moins on nous verra, mieux ça vaudra.
– Alors, que faisons-nous pour le moment?
– Nous asseoir près du feu et attendre.
– Je boirais bien un coup pour me donner du courage.
– L'or que tu as reçu ne t'a donc pas suffi? Il doit rester du vin sur la table...
Ventura les entendit avancer jusqu'à la table et se servir. Les pas revinrent ensuite vers la cheminée.
– Ah! ça va mieux!
– Maintenant, écoute. Dans une heure, nous monterons l'escalier, nous ouvrirons la porte aussi doucement que possible : je me chargerai du maître et toi de son compagnon.
– Et s'il est seul?
– Tu descendras et tu ouvriras la porte cochère : l'aubergiste peut l'avoir verrouillée.
– Supposons que je ne puisse pas l'ouvrir?
– Je viendrai t'aider. Tu sais où sont les chevaux? Si on nous entend, nous serons déjà bien loin avant qu'on ait donné l'alerte.
– Supposons que la porte soit fermée à clé?
– Supposons... supposons!... C'est tout ce que tu sais dire! Elle ne le sera pas : je connais la maison depuis dix ans, jamais rien n'y fonctionne. S'il y a une serrure, elle n'aura pas de clé; les gens qui logent ici habituellement n'ont rien qui vaille la peine d'être volé.
– Je ne demande qu'à te croire.
– J'espère bien. Pense un peu à tout l'or que

nous avons reçu et cesse de faire la poule mouillée!

– Je pense bien... Un meurtre, ça se paie! Ce n'est pas tellement plaisant.

– Plaisant? Quelle expression!

L'homme étouffa un rire, puis ajouta d'un ton amical :

– Tu es trop jeune pour faire ce travail. Quand tu auras tué autant de gens que moi, tu t'y feras. Et, maintenant, repose-toi; nous avons une longue route à faire demain.

Ventura entendit les hommes s'installer pour dormir. Elle retint son souffle car elle venait de comprendre ce qu'ils étaient venus faire.

L'aigle couronné! Ce matin encore elle avait regardé en attendant le départ, ses ailes d'or déployées qui se détachaient magnifiquement sur le bleu sombre du carrosse. Et ces hommes avaient reçu l'ordre de tuer son maître!

La jeune fille regarda autour d'elle. La petite alcôve ne comportait pas de fenêtre et elle ne pouvait sortir qu'en traversant la salle où se trouvaient les tueurs.

Avec d'infinies précautions, elle se retourna sur sa pile de paillasses et parvint à jeter un coup d'œil entre les rideaux. Elle vit deux individus au teint olivâtre et aux cheveux noirs. Elle avait compris à leur accent qu'ils venaient du sud. Sur la table, les chandelles allumées baissaient. Lorsqu'elles s'éteindraient, la salle entière serait plongée dans l'obscurité. Mais combien de temps cela prendrait-il?

Dans la cuisine, on parlait et on riait encore. En criant, elle attirerait peut-être l'attention de

Simon et du cocher, mais aurait-elle alors le temps de leur dire pourquoi elle appelait? Les deux tueurs auraient vite fait de la réduire au silence avant même qu'on vienne à son secours.

Elle devait agir au plus vite.

Le plus jeune des hommes rompit soudain le silence :

– Supposons que l'aubergiste entre, comment lui expliquerons-nous notre présence ici? A cette heure, les voyageurs demandent des chambres, d'habitude...

– Laisse-moi tranquille avec tes suppositions! grogna l'autre. Il ne viendra probablement pas. Et, s'il vient, il sera ivre mort et ne nous verra pas. Souffle les chandelles, il ne pensera pas à les rallumer.

– Bonne idée.

Les deux lueurs s'éteignirent. Ventura poussa un tel soupir de soulagement qu'elle eut peur d'être entendue.

– Et maintenant, si tu veux un conseil, reprit le tueur, dors un peu.

Le silence retomba, mais Ventura savait qu'avec sa peur, le plus jeune des hommes avait de faibles chances de s'endormir.

Elle attendit cinq minutes... dix minutes, et, enfin, elle se laissa glisser en tremblant sur le sol. Elle se félicita d'avoir retiré ses chaussures, mais eut peur de les heurter en passant. Par bonheur, elle parvint à les enjamber. Lentement, elle avança, puis elle se faufila à genoux entre les rideaux et pénétra dans la salle. Les quelques braises qui rougeoyaient encore dans la cheminée l'éclairaient juste assez pour la guider. La voie était libre, mais pour gagner le pied de l'escalier où elle avait toutes les chances d'être aperçue, il lui fallait d'abord passer derrière les hommes et contourner la table. Ventura courait à présent le plus grand danger.

L'homme jeune lui tournait le dos, mais sa nervosité lui ferait certainement percevoir le moindre bruit insolite. Les planches mal équarries du parquet écorchaient les mains et les genoux de Ventura qui avançait doucement en luttant contre la tentation d'aller plus vite.

Les braises s'écroulèrent dans la cheminée. Elle s'immobilisa, n'osant plus respirer, et elle s'aperçut soudain que le silence régnait maintenant dans la cuisine; les serviteurs de lord Lynke étaient sans doute couchés, et elle ne pouvait plus espérer de secours de ce côté-là car ils étaient trop loin pour entendre ses cris.

Elle se remit à avancer. Une main... un genou... l'autre main... l'autre genou. Il lui semblait qu'elle se traînait ainsi par terre depuis une éternité; ses genoux lui faisaient un mal presque intolérable. Elle avançait quand soudain un des hommes s'agita sur sa chaise. Les braises crépitèrent presque au même instant. Ventura se demanda si les battements de son cœur ne résonnaient pas dans toute la pièce.

Ventura avançait si lentement que la salle lui parut immense. Lorsqu'elle atteignit enfin les premières marches de l'escalier elle fut prise de panique, mais les deux hommes ne bougèrent pas et ce n'est qu'une fois sur le premier palier qu'elle se sut hors de danger. Elle se releva et demeura quelques secondes appuyée à la balustrade, sur le point de s'évanouir. Mais elle domina sa faiblesse; il lui fallait continuer, le temps pressait.

Elle arriva en haut, fit quelques pas dans le couloir et souleva sans aucune difficulté le loquet de la porte qui s'ouvrit avec un imperceptible grincement, sans éveiller lord Lynke. Le feu flambait dans la cheminée et elle distingua clairement le contour du lit et la tête qui se détachait sur l'oreiller.

Elle ferma tout doucement la porte et, à pas de loup, traversa la chambre. Elle mit une main sur l'épaule du dormeur.

– Monseigneur...

Il s'éveilla aussitôt, comme un homme habitué au danger.

– Ian? Qu'est-ce que?... commença-t-il.

Elle mit précipitamment un doigt sur ses lèvres.

– Chut! murmura-t-elle. Il ne faut pas qu'ils vous entendent.

– Qui cela? demanda-t-il en se relevant.

– Deux hommes en bas. Quelqu'un les a envoyés pour vous tuer. Ils n'ont pas prononcé votre nom, mais je les ai entendus parler d'un gentilhomme qui voyageait dans un carrosse portant vos armoiries.

– Deux hommes?...

– Le plus vieux doit vous frapper, poursuivit Ventura, et l'autre tenir tête à qui serait ou entrerait dans la chambre.

Lord Lynke repoussa les couvertures. Il ne s'était pas déshabillé et portait sa chemise et sa culotte, mais il avait retiré ses bottes, et il ne fit aucun bruit en sautant sur le sol. Son épée se trouvait sur une chaise, au pied du lit; il la prit et se tourna vers Ventura :

– Tu es sûr de ce que tu dis? Pourquoi voudrait-on me tuer?

– Je ne sais pas. Je vous ai répété ce qu'ont dit les hommes.

– Eh bien! je suis prêt à les recevoir.

Il mit une autre bûche dans la cheminée, et parcourut la pièce du regard.

– Va te mettre dans ce coin, dit-il à Ventura. Tire un fauteuil devant toi et ne bouge pas de là; je ne veux pas que tu sois exposé à un mauvais coup.

– Qu'allez-vous faire?

– Tu verras.

Elle obéit, fit glisser sans bruit un fauteuil à haut dossier jusqu'au coin indiqué et se dissimula derrière. Hugo alla se poster près de la porte. A ce moment, ils entendirent un bruit presque imperceptible dans l'escalier. Il tendit l'oreille attentivement et perçut le craquement d'une planche qu'il n'aurait jamais remarqué en d'autres circonstances et qui n'aurait certes pas réveillé un homme endormi.

Le loquet de la porte se releva tout doucement, la porte s'entrouvrit lentement. Puis, les deux hommes firent irruption dans la pièce. Le premier reçut un coup d'épée au bras qui lui arracha un cri, tandis que le sang giclait sur sa main : c'était le plus jeune. Terrifié, il s'enfuit. Ventura l'entendit dégringoler l'escalier, puis la porte de l'auberge s'ouvrit et se referma.

Avec son poignard et son épée, l'autre était un adversaire plus redoutable. En un éclair, il s'empara de son épée avant même que lord Lynke en eût terminé avec son compagnon.

Les lames qui se heurtaient brillaient à la lumière du feu. L'homme était sans aucun doute habile bretteur, mais ses lourdes bottes et son manteau le gênaient; sans chaussures et en chemise, Hugo avait l'avantage et était plus adroit. Tout fut terminé en quelques secondes. Lord Lynke para avec brio une attaque, et la pointe de sa lame pénétra dans la gorge de son adversaire, juste sous le menton. Le tueur chancela et tomba sur le sol. Lorsque lord Lynke tira son épée en arrière, le sang jaillit de la blessure.

– Qui t'a ordonné de me tuer?

Les yeux du vaincu étaient sur le point de se fermer.

– Parle! ordonna Hugo. Dis-moi son nom.

Le mourant obéit dans un ultime effort.

– Don... Carlos... dit-il en expirant.

Hugo se leva.

– Don Carlos? Je me demande qui c'est!

Ventura sortit de son abri.

– Est-il mort? demanda-t-elle avec effroi.

– Tout à fait mort.

– Qu'allez-vous faire de lui?

Lord Lynke réfléchit un instant.

– L'aubergiste est-il de connivence? demanda-t-il.

– Non, il ne sait pas que ces hommes sont venus; il était dans la cuisine quand ils sont entrés et ils n'ont pas fait le moindre bruit.

– Cela va faciliter notre tâche.

Lors Lynke ouvrit la porte d'un grand placard et jeta un coup d'œil à l'intérieur; il y avait toute la place voulue pour y loger un homme étendu.

Il traîna le corps et le mit dans le placard, avec épée et poignard.

– Allez-vous le laisser là? demanda Ventura.

– Pourquoi pas? Quelqu'un finira bien par le trouver... Mais, d'après la propreté de l'établissement, ça ne se produira pas de sitôt!

– Et vous? demanda encore Ventura. Qu'allez-vous faire?

Lord Lynke sourit.

– Je vais pousser ce fauteuil ainsi que cette table contre la porte et me remettre au lit; je doute que nous recevions d'autres visiteurs cette nuit. Si quelqu'un tentait d'entrer, il nous réveillerait en essayant d'ouvrir la porte.

Ventura ne savait pas quoi faire.

– Tu ferais aussi bien de rester avec moi, continua lord Lynke. Si tu as refusé de me tenir compagnie il y a quelques heures, peut-être accepteras-tu maintenant?

Ventura hésita encore un long moment. Maintenant que tout était fini, elle s'était mise à trembler et elle savait qu'elle n'aurait jamais le courage de redescendre; l'autre homme pouvait revenir d'un moment à l'autre et elle n'avait aucune envie de le rencontrer en bas.

Elle se souvint de ses chaussures et de son habit qu'elle avait laissés dans l'alcôve, et préféra attendre le lendemain avant d'oser aller les chercher.

– Vous êtes sûr que je ne vous gênerai pas, monseigneur? demanda-t-elle.

– Pas plus que tu ne m'as gêné jusqu'à présent.

Tout en parlant, il s'étendit sur le lit et tira la couverture sur lui. Timidement, Ventura s'allongea sur le bord du matelas. Son cœur battait encore, mais elle se sentait en sécurité auprès de lord Lynke.

Elle commençait seulement à réaliser l'horreur de la scène. Elle se demanda qui était ce don Carlos. Pourquoi en voulait-il à la vie de son maître? Que ferait-il en apprenant que sa tentative de meurtre avait échoué? Ferait-il un nouvel essai? Ou plusieurs?

Elle frissonna. Lord Lynke se retourna.

– Je te remercie de m'avoir sauvé la vie, Ian, dit-il. Je croyais t'être venu en aide, et il semble que ce soit toi qui me protèges!

– Si je ne les avais pas entendus, ils vous auraient peut-être tué, murmura Ventura.

Elle songea à l'épouvante qui l'aurait saisie en découvrant le lendemain matin son maître égorgé dans sa chambre. Elle frissonna de nouveau, et, comme s'il devinait ses pensées, Hugo lui dit amicalement :

– Oublie tout cela. Mais je te remercie. J'ai une grande dette envers toi.

Ces paroles l'emplirent de joie; ils étaient maintenant presque quittes l'un envers l'autre. Après tout ce qu'il avait fait pour elle, voici qu'à son tour elle avait pu l'aider.

5

– Tu boudes encore? demanda doña Alcira d'une voix douce et caressante.

L'homme qui se tenait devant le miroir ne répondit pas. Il admirait ses puissantes épaules et ses hanches fines, sa taille mince, ses traits réguliers, tout ce qui, joint à son adresse, avait fait de lui Miajado le Magnifique, le matador le plus admiré, le plus acclamé d'Espagne.

Doña Alcira haussa les épaules. Sur les coussins brodés et les draperies du divan, son corps semblait d'ivoire. Elle croisa ses bras derrière sa tête avec un petit rire ironique.

– Ainsi, tu es fâché contre moi?

Miajado se retourna.

– Fâché? Naturellement, je suis fâché! A quoi vous attendiez-vous donc? Ne suis-je donc pas autre chose qu'un jouet dont on s'amuse et que l'on jette ensuite? Quel est cet Anglais dont tout le monde parle? Et pourquoi obtiendrait-il votre main puisque vous me donnez votre corps?

– Tu es jaloux, mon amour?

Doña Alcira l'encouragea à venir vers elle. Elle était si belle qu'aucun homme n'aurait pu lui résister. Mais pourtant Miajado resta immobile.

– Je veux savoir, insista-t-il.

Il avait l'air d'un enfant gâté furieux, avec sa moue chagrine et les sourcils froncés qui voilaient la sérénité de son beau front.

Doña Alcira laissa retomber ses bras.

– Tu es assommant! dit-elle. Que t'importe?

L'Anglais ne changera rien en ce qui nous concerne.

– Il sera votre mari!

Alcira signifia son incertitude d'un geste de la main.

– Cela dépend, dit-elle. Je ne l'ai pas encore accepté.

– Vous n'oseriez quand même pas refuser un projet dressé par la reine! ricana le matador.

– Qui te dit que je vais refuser? riposta la jeune femme d'un ton provocant.

Elle rit tout bas.

– Souris donc! dit-elle. Nous avons eu tant de bonheur ici, entre ces quatre murs secrets. Qu'importe ce qui se passe au-dehors? L'Anglais n'est qu'une marionnette et la reine l'utilisera selon son intérêt.

– Quel intérêt? demanda Miajado. On peut être sûr que ce n'est pas l'intérêt de l'Espagne! La reine est italienne, elle ne pense qu'à l'Italie et ne prodigue ses faveurs qu'à son peuple. Je suis espagnol et je me moque de ce qui se passe en dehors de mon pays.

Alcira sourit. Elle savait fort bien que Miajado disait vrai et que les intérêts italiens l'emportaient sur l'Espagne. Mais elle se souciait trop de sa personne pour en être affectée.

– La reine a peut-être raison : puisqu'il faut que j'aie un mari, pourquoi ne pas le choisir riche et titré?

Miajado frappa du pied.

– Un mari! dit-il en crachant par terre.

Il s'approcha brusquement et tempêta :

– Comment puis-je entendre une chose pareille? Comment pourrai-je encore supporter que vous apparteniez à un autre? Vous avez eu des amoureux dans le passé, je le sais; beaucoup d'amoureux, mais jamais un seul qui m'arrive à la cheville. Pourquoi ne puis-je pas vous épouser, afin que vous ne soyez qu'à moi seul?

Il prit Alcira dans ses bras. La passion s'empara d'eux jusqu'à l'oubli.

Longtemps après, doña Alcira alla s'asseoir en peignoir de velours rouge à sa table de toilette. Elle constata dans le miroir que l'amour exaltait encore sa beauté; ses yeux sombres étincelaient dans un ravissant visage à l'ovale parfait; ses lèvres s'entrouvraient pour découvrir ses dents sans défaut. Elle rejeta ses cheveux noirs en arrière et se retourna pour considérer le matador qui la regardait.

– Il nous faut être raisonnable, dit-elle.

– Que voulez-vous dire?

– Je veux que nous soyons prudents. Nul ne doit se douter que tu viens ici. J'ai des ennemis qui ne manqueraient pas d'en avertir l'Anglais. Et les Anglais veulent que leurs épouses soient vertueuses.

– Les Espagnols aussi, rétorqua Miajado. Un homme doit être le maître, le seul.

– Tu es bien démodé, dit Alcira en riant. Il est vrai que tu es un paysan.

Elle était volontairement cruelle, sachant que Miajado souffrait terriblement d'être traité en inférieur.

Doña Alcira était la pupille du roi. Fille du duc de Cartillo, propriétaire de vastes domaines, elle était après la reine l'une des femmes les plus influentes d'Espagne. Quant au matador, il n'était que le fils d'un commerçant du village et il n'était devenu célèbre que grâce à son habileté dans l'arène.

La reine n'aimait pas les courses de taureaux et les Espagnols le lui reprochaient; mais ses courtisans n'en manquaient pas une. C'est ainsi qu'Alcira avait vu Miajado, dont la réputation n'était plus à faire, pour la première fois. Il avait été acclamé dans toutes les villes du sud, mais il dépassa les espoirs des Madrilènes qui lui firent un triomphe. Assise dans la loge royale, Alcira ne soufflait mot, mais elle demanda qu'on le lui présentât.

Lorsqu'il s'inclina devant elle, dans son rutilant habit de lumière, elle sut que jamais un homme ne lui avait plu à ce point.

Miajado était un homme du peuple. Il aimait les plaisirs simples et les amours sans complications. L'adoration aveugle des femmes n'était pour lui qu'un hommage rendu à son courage et à son adresse.

C'est ainsi qu'il fut aussi surpris que flatté lorsqu'il appris que la pupille du roi l'invitait à souper en tête à tête. Car il n'avait encore jamais vu d'aussi près une femme de noble naissance.

Depuis ce jour, toute l'Espagne le réclamait. On lui offrait des gains nettement supérieurs à ceux qu'il recevait à Madrid, mais il ne pouvait plus s'arracher à la ville où vivait Alcira.

Tel un félin, il s'avança vers elle dans son superbe habit de lumière qui lui valait d'être reconnu de tous. Assise sur un tabouret bas, ses longs cheveux d'ébène répandus sur sa robe rouge, elle posa sur lui son regard sombre et mystérieux.

– A demain soir, dit-elle.

– A moins que l'Anglais soit déjà là, répliqua-t-il amèrement.

– De toute façon, il sera déjà parti à cette heure-là.

Miajado empoigna Alcira par les épaules.

– Un jour, je vous tuerai! dit-il d'une voix rauque, pour qu'aucun homme ne puisse poser les yeux sur vous. Ainsi, vous serez à moi à jamais.

Ses mains fines remontèrent lentement le long du cou tiède et rond et l'emprisonnèrent. Alcira regarda le matador sans bouger.

– Une morte pourrait-elle te donner ce que je te donne? demanda-t-elle doucement. Pourrait-elle t'embrasser, pourrait-elle te serrer sur son cœur? Une morte souffrirait-elle de ton absence comme je vais souffrir jusqu'à la nuit prochaine?

Il la regarda dans les yeux et se crut un instant incapable de résister à la tentation; ses lèvres frémirent, son souffle se précipita. Mais il la repoussa si violemment qu'elle dut se retenir à la table pour ne pas tomber.

– Maudite! grogna-t-il. Vous m'avez ensorcelé. Je vous ai dans le sang et je ne peux pas vivre sans vous. Vous m'humiliez, vous m'insultez et pourtant je me traîne à vos genoux, je suis votre esclave. Je vous hais et pourtant je vous aime, je ne puis penser qu'à vous. Un jour, je vous tuerai, et je serai enfin libre.

Sa voix furieuse résonnait encore dans la pièce

quand elle se précipita vers lui pour le retenir.

– Mon chéri, mon aimé! Ne me quitte pas sur un moment de colère. Tu sais bien que je t'aime et que je suis à toi. Ne te l'ai-je pas prouvé bien des fois?

Elle l'attira à elle et, une fois de plus, ils furent unis par un baiser.

Lorsqu'elle fut certaine d'avoir reconquis le matador, Alcira le repoussa d'un geste ferme.

– Maintenant, dit-elle, il faut partir.

A demi fou, il refusait de la lâcher, mais elle prit une petite cloche d'or et l'agita; la porte s'ouvrit presque aussitôt, une femme de chambre assez âgée parut. Elle portait une cape sombre qu'elle posa sans un mot sur les épaules de Miajado. Il s'en enveloppa, rejetant un pan sur son épaule de manière à dissimuler en partie son visage.

– Soyez prudents, recommanda la jeune femme à la servante.

Elle se tourna de nouveau vers le matador :

– Adios, murmura-t-elle.

– Adios...

La porte se referma derrière lui. Doña Alcira s'installa devant son miroir avec un sourire de satisfaction; elle venait d'avoir une fois de plus la preuve de son invincibilité.

La femme de chambre reparut quelques instants après.

– Tout va bien? demanda Alcira.

– Il n'y avait personne, madame.

La belle Espagnole leva les bras au-dessus de la tête.

– Je n'ai pas sommeil. Que pourrais-je bien faire ce soir, Joanna? demanda-t-elle.

– Don Carlos vous a invitée à souper, madame. L'avez-vous oublié?

La jeune femme fit une moue dégoûtée, puis haussa les épaules.

– Mieux vaut y aller que rester seule. Apporte-moi ma nouvelle robe de satin corail et mon collier d'émeraudes. Et fais dire à Frivolo qu'il nous accompagne. Tu l'as laissé enfermé?

– Il a été enfermé toute la soirée, madame.

– Il faut toujours t'en assurer. Je crois qu'il m'adore, mais sa langue est si acérée qu'on ne sait jamais s'il ne va pas répéter ce qu'il a vu et entendu.

– Frivolo ignore que Madame reçoit des visites pendant qu'elle se repose.

Aidée par Joanna, Alcira fut rapidement prête. Sa robe brodée de pierres précieuses s'évasait sur des jupons empesés. Une longue traîne assortie à ses petites sandales de satin, lui tombait des épaules. Joanna avait relevé les cheveux de sa maîtresse très haut sur sa tête pour les ramener en boucles de chaque côté de son visage. Des émeraudes ornaient ses oreilles ainsi que les doigts et le cou que Miajado avait serré entre ses mains. En sortant de la chambre, doña Alcira songea à la colère de Miajado s'il l'avait vue partir. Mais il ignorait les mœurs des jeunes courtisans; pour lui, la nuit était faite pour dormir. Pour eux, c'était le moment de la gaieté et du plaisir.

Alcira descendit le majestueux escalier de marbre. Le palais que la jeune femme avait hérité de son père était splendide. Sa mère vivait recluse dans son appartement personnel où seuls de rares amis et son confesseur avaient accès.

Quelqu'un s'élança au-devant de doña Alcira.

– Nous allons à une soirée, Frivolo, dit-elle en mettant une main sur ses cheveux épais.

C'était un être grotesque et pitoyable, haut de trois pieds, avec une tête énorme, et des membres courts et gras. Alcira l'emmenait partout avec elle, car la laideur monstrueuse du malheureux attirait l'attention sur sa propre beauté. Vêtu de velours et de satin chatoyants, c'était une horrible caricature d'homme; l'image terrible et bestiale de ce que la nature peut produire de plus affreux.

Le duc de Cartillo l'avait acheté à un cirque dans lequel on le maltraitait cruellement. Son maître, un acrobate, voulait le faire marcher sur la corde raide; c'était là un exercice impossible pour le pauvre nain disproportionné; la difformité de son corps et de ses membres l'empêchait de trouver l'équilibre indispensable. L'acrobate l'avait à demi tué à force de vouloir obtenir de lui ce dont il n'était pas capable. Le duc qui avait agi par pure bonté d'âme se demanda en rentrant chez lui ce qu'il allait bien faire de son acquisition. Les serviteurs s'enfuirent à la vue de Frivolo en poussant des cris de terreur et la duchesse pria son mari de cacher immédiatement ce monstre.

« Que vais-je faire de ce malheureux? » se demandait le gentilhomme désolé.

Sa fille Alcira, lui fournit la solution : Frivolo ne l'effrayait pas, bien au contraire car elle savait qu'escortée par un nain, elle ferait partout sensation. « La Belle et la Bête », les appellerait-on.

Ce double surnom lui plaisait. Depuis, Frivolo lui avait témoigné un attachement de chien fidèle.

Tandis qu'il posait sur la main de la jeune femme ses lèvres épaisses et que ses petits yeux porcins la dévoraient d'admiration, elle lui sourit avec plus de tendresse qu'elle n'en accordait à ses amants.

– Une soirée? répéta le nain d'une voix aiguë.

– Oui. C'est don Carlos qui la donne. Tu aimes don Carlos, n'est-ce pas?

– Non, Frivolo n'aime pas don Carlos, répliqua-t-il sans hésiter. Don Carlos est cupide, gourmand et cruel.

La jeune femme rit. C'était là une bonne description de don Carlos. Ce nain avait de la jugeote.

Un carrosse attelé de quatre chevaux blancs attendaient à la porte. Alcira y monta, suivie du nain qui s'installa en face d'elle. Un valet était assis à côté du cocher tandis qu'à l'arrière, deux laquais à perruques poudrées se tenaient debout.

La jeune femme aimait se déplacer avec faste. Il était plus d'une heure du matin quand elle et son compagnon entrèrent dans le palais de don Carlos, mais la soirée commençait à peine. Le maître de maison s'avança pour accueillir la belle invitée.

Petit et laid, il se montrait grossier et désagréable envers ceux qu'il considérait comme ses inférieurs et obséquieux envers ceux auxquels il désirait plaire. Frivolo le détestait.

– Vous voici, madame, dit-il en baisant la main d'Alcira. Mon cœur est inondé de lumière.

– Je regrette d'être en retard, dit la jeune femme. J'avais plusieurs choses à régler.

– Vous êtes là, cela seul importe, commença don Carlos lorsque ses paroles furent couvertes par la voix stridente du nain.

– Elle pensait à l'Anglais! criait-il ironiquement, ce beau gentilhomme qui a traversé la mer pour être son mari.

Les invités éclatèrent de rire. Don Carlos rougit de fureur.

– On ne peut rien cacher à Frivolo, minauda doña Alcira, comme si elle parlait d'un enfant précoce et spirituel...

– Quand doit-il arriver? demanda quelqu'un.

– On dit qu'il ne saurait tarder.

– Je ne m'inquiète pas, déclara don Carlos tout bas de manière à n'être entendu que de sa belle invitée.

– Pourquoi? demanda-t-elle, surprise et intriguée.

– Parce qu'il ne viendra pas! répondit l'Espagnol.

Une joie féroce envahit son visage ingrat.

6

Lord Lynke et Ventura se remirent en route dès l'aube. Malgré le soleil qui semblait avoir effacé les cauchemars sanglants de la nuit, ils s'efforçaient tous deux de cacher l'angoisse qui les rongeait. Et, bienque le reste de leur voyage se soit déroulé sans encombres, ils furent soulagés en arrivant à Madrid.

A chaque nouvelle étape, Ventura n'arrivait pas à s'endormir. Elle était à l'affût du moindre bruit suspect. Mais la fatigue de la route aidant, elle finit par sombrer dans le sommeil, sitôt couchée.

Le beau temps persistait et Ventura voyait rarement son maître qui préférait suivre ou précéder le carrosse. Mais ils prenaient malgré tout leurs repas ensemble car depuis qu'il lui avait sauvé la vie, Hugo traitait son page en égal et même en ami. Un soir, il lui exposa franchement et dans tous les détails la raison de son voyage en Espagne. Il imita le vertueux discours de son oncle et lui parla du chagrin qui le déchirait de quitter la femme qu'il aimait. Ventura écouta ses confidences avec perplexité. Elle n'était ni sotte ni ignorante, et elle savait fort bien que les jeunes gens ont volontiers des aventures amoureuses, et que les femmes mariées trahissent parfois leur mari.

Les multiples aventures amoureuses du jeune homme confirmèrent les décisions de Ventura. Pour rien au monde elle n'aurait voulu partager le triste sort de la jolie Charlotte.

– Quand je me marierai, je n'aimerai que celui auquel j'appartiendrai, déclara-t-elle en pensant au profond amour qui unissait ses parents. C'est ainsi que je veux vivre avec mon mari.

Pourtant, même si les récits tumultueux du jeune homme la choquaient, il exerçait sur elle une fascination indescriptible. Il lui raconta en détail sa vie londonienne et Ventura comprit que toutes ces confidences l'aidaient en fait à lutter contre le mal du pays en lui donnant l'illusion d'être encore parmi les siens.

Ce ne fut qu'aux abords de Madrid qu'il commença à s'inquiéter de l'avenir.

– Crois-tu qu'on peut s'amuser dans cette ville? demanda-t-il avec dédain, le dernier soir du voyage.

– Certaines personnes affirment que Madrid est la capitale la plus gaie d'Europe, répondit Ventura. Le roi et la reine vivent dans le calme à cause de la mauvaise santé de Sa Majesté, mais hors du palais, il y a, dit-on, de quoi distraire les plus blasés.

Cette remarque, légèrement sarcastique, arracha une grimace à lord Lynke.

– Ainsi, tu me trouves blasé.

– Non, monseigneur, gâté seulement.

Hugo fronça les sourcils, puis éclata de rire.

– On peut dire que tu es franc! s'exclama-t-il. Si tu étais vraiment mon compatriote, je te châtierais pour ton impertinence, mais tu me plais et je crois que tu ne te trompes pas.

– C'est bien compréhensible : vous êtes si riche!

– Peut-être, en effet, dit Hugo, pensif.

Il se leva et s'approcha de la cheminée.

– J'ai toujours eu beaucoup d'argent, dit-il. Je crois bien n'avoir jamais eu aucune idée de la pauvreté. Je songeais justement l'autre soir à ta maigreur quand nous avons commencé ce voyage : tu n'avais que la peau sur les os.

Et maintenant... T'es-tu regardé dans un miroir?

– Oui, monseigneur.

– Ta métamorphose ne m'a coûté que le prix des repas que j'ai toujours trouvé naturel de prendre seul alors que d'autres mouraient de faim.

Ventura rougit en pensant qu'il avait jour après jour observé sa transformation : ses joues avaient repris des couleurs et ses cheveux du brillant, et son visage et son corps s'étaient remplis. Elle craignit que sa silhouette ne prît une allure trop féminine, mais elle était encore trop mince et elle ne risquait pas, pour le moment, d'être démasquée.

– Et maintenant, dit soudain Hugo, vas-tu enfin me révéler le nom de ton père? Nous sommes ensemble depuis des semaines, tu m'as sauvé la vie; je t'ai livré tous mes secrets et tu ne veux toujours pas me confier le tien.

Ventura leva lentement la tête et le regarda.

– J'ai confiance en vous, monseigneur, dit-elle, mais mon père tenait particulièrement à ce que tout le monde ignore son nom, tant les Espagnols que les Anglais. Il m'a fait promettre de ne le dire à personne. « Plus tard, je t'expliquerai tout », m'assurait-il. Mais il est mort avant d'avoir parlé.

– Et tu ne peux rien dire?

Hugo avait beau se répéter que ce détail n'avait aucune importance, mais plus son page refusait de dévoiler son nom, plus il désirait le connaître.

– C'est bon, grommela-t-il. Fais comme tu voudras.

– Je ne veux pas être désagréable, soupira Ventura. Vous avez tant fait pour moi, je suis si heureux à votre service que... je crois que si mon père vivait, il m'autoriserait à vous dire mon secret.

Elle reprit sa respiration.

– Mon père était le comte de Kinbrace, dit-elle.

– Kinbrace? Ian Kinbrace?

Lord Lynke n'en revenait pas.

– Je m'en souviens très bien! dit-il. Il venait souvent voir mon père quand j'étais enfant. Je sais qu'il a combattu parfois contre les hommes du roi et qu'il s'en est tiré à force de bravoure et d'adresse. Ensuite, on a mis sa tête à prix et on a confisqué toutes ses terres. Mes parents parlaient souvent de lui.

– Vous le connaissiez? répéta Ventura doucement.

– Je devais avoir huit ou neuf ans la dernière fois que je l'ai vu; il avait les cheveux roux et les yeux extraordinairement bleus. Je sais maintenant d'où te viennent les tiens!

– J'ai les traits de ma mère et les yeux de mon père, dit la jeune fille en souriant.

Lord Lynke s'assit et la regarda. Le fils de Kinbrace! Incroyable. Et un fils particulièrement réussi.

– Pourquoi ton père se cachait-il des Espagnols? demanda-t-il.

– Je voudrais bien pouvoir répondre à cette question. Je sais seulement qu'il devait avoir une raison grave pour garder l'anonymat. Nous étions très pauvres et il travaillait dur pour nous faire vivre; ma mère travaillait aussi, elle brodait et elle cousait pour les dames de la ville.

Hugo l'écoutait d'une oreille. Ian, songeait-il, était maintenant l'héritier des Kinbrace; il portait un titre dont tout homme pouvait être fier; même si son père avait été exilé pour ses sympathies imprudentes.

– Pourquoi n'irais-tu pas te présenter à Madrid sous ton vrai nom? demanda-t-il soudain. Ne devrais-tu pas revendiquer ton titre avant que d'autres prétendent y avoir droit?

– Non, non! dit Ventura vivement, je ne le peux pas. Je vous ai révélé le nom de mon père, mais, je vous en prie, monseigneur, promettez-moi de ne le dire à personne!

L'angoisse envahit les yeux bleus et le visage de Ventura. Lord Lynke fut certain de ne connaître qu'une partie du secret; qu'y avait-il d'autre?

– Très bien, dit-il, tu peux être tranquille, tu iras à Madrid sous ce nom de Ian Cameron, mais je crois que tu as tort.

– Merci, monseigneur.

– Plutôt que de me remercier, je préférerais que tu me fasses confiance, déclara Hugo.

Ils regagnèrent chacun leur chambre et Ventura eut du mal à s'endormir. Son maître avait été si bon et si généreux envers elle qu'elle regretta de ne pas avoir pu lui en dire davantage.

Mais le lendemain, lord Lynke semblait de meilleure humeur. La fin du voyage était proche et Simon l'habilla avec un soin tout particulier afin qu'il fasse bonne impression en entrant au palais. Le cortège fut effectivement accueilli avec une attention flatteuse quand le lourd carrosse, avec son équipage en livrée chamarée et ses six magnifiques chevaux, franchit les grilles et pénétra dans la vaste cour du palais royal. Construit au XVIIe siècle, il était entouré d'un parc splendide connu sous le nom de *El Retiro*. Les gardes de service regardèrent passer le véhicule avec des yeux étonnés.

Des laquais ouvrirent la portière, un écuyer couvert de décorations vint s'incliner devant lord Lynke et lui souhaiter la bienvenue.

Les voyageurs gravirent un immense escalier de marbre, dont le plafond était incrusté d'or. Des laquais et des hommes d'armes étaient postés sur les marches et le long du couloir.

Ventura, qui marchait à quelques pas de lord Lynke, avait envie d'examiner et d'admirer à loisir tout ce qu'elle voyait, mais son maître passait d'un air indifférent. Il bavardait gaiement avec l'écuyer. Il racontait son voyage, décrivant le mauvais état des routes et la médiocrité des auberges, la rapidité avec laquelle ils avaient fait le trajet.

Finalement, ils furent introduits dans une antichambre ornée de lustres gigantesques.

– Si Sa Seigneurie veut bien patienter un instant, dit l'écuyer, je vais annoncer votre arrivée à Sa Majesté qui s'en inquiétait ce matin.

– Je suis très reconnaissant à Sa Majesté de la considération qu'elle témoigne à mon égard, répondit poliment le jeune homme.

Lord Lynke se retourna vers son page et lui jeta un clin d'œil malicieux.

– Mon oncle ne m'a pas trompé en me parlant des égards avec lesquels on me recevrait. Je dois donc en retour remplir le mieux possible la mission dont il m'a chargé.

– Et qui est?...

– Je te le dirai plus tard.

Sur les murs s'alignaient les portraits des rois et des reines d'Espagne. Il les regarda tour à tour et s'arrêta brusquement devant l'un d'eux.

– Que Dieu nous protège si toutes les señoritas ressemblent à cette affreuse femme! s'exclama-t-il.

– Je crois, milord, que vous trouverez doña Alcira très belle, dit Ventura.

Sans savoir pourquoi, elle ne pouvait s'empêcher d'espérer que la pupille du roi ne serait pas aussi ravissante qu'on le prétendait. Elle devait bientôt être fixée.

Ils suivirent ensuite l'écuyer à travers une enfilade de salons animés jusqu'à la salle du trône. Le costume resplendissant et les diamants de lord Lynke attirèrent tous les regards. Pourtant, en comparaison avec les Espagnols, il était habillé fort simplement.

Ventura constata alors fièrement que la beauté et la personnalité de son maître surpassaient l'élégance factice des autres.

Au moment où ils pénétrèrent dans la salle du trône, elle dut faire un effort pour ne pas se retourner sur celui qu'elle avait entendu murmurer : « Don Carlos avait pourtant bien dit que l'Anglais n'arriverait jamais jusqu'ici... »

« Eh bien, il aura une surprise! » pensa-t-elle.

Il lui fut ensuite impossible de poursuivre ses réflexions car le moment des présentations était venu.

Ventura fut tellement frappée par la laideur des souverains qu'elle en oublia le décor somptueux de la salle.

Ventura avait tant entendu parler de la reine et de ses perpétuelles intrigues qu'elle s'attendait à voir une personne toute différente de cette grosse femme au visage fatigué et aux jambes enflées. Elisabeth Farnèse avait perdu tout ce qu'elle avait eu d'attirant. Il lui suffisait d'élever la voix pour qu'on évalue la domination qu'elle pouvait exercer sur son mari.

La voix du roi reflétait non seulement sa nature mais aussi sa déficience mentale. La reine, aimable et volubile, était sans nul doute le véritable chef de l'Espagne. Elle témoigna à lord Lynke une grâce presque exagérée.

– Nous sommes profondément honorés de votre visite, Excellence, dit-elle. Sa Grâce, le duc de Newcastle, vous a particulièrement recommandé à Sa Majesté. Vous nous donnerez des nouvelles d'Angleterre au dîner.

– Sa Majesté est trop bonne.

– Comment va la chasse en Angleterre? demanda le roi.

– Il n'y a pas de chasse en ce moment, Majesté, mais l'année a été bonne pour la perdrix.

Le roi dit quelques mots à voix basse à l'oreille de la reine.

– Sa Majesté s'intéresse davantage au gros gibier, dit celle-ci, le cerf ou le sanglier. Mais vous lui en parlerez plus tard. (Elle se tourna vers l'écuyer :) Conduisez lord Lynke au salon qui donne sur les jardins, commanda-t-elle. Doña Alcira s'y trouve et elle est impatiente de rencontrer notre hôte.

Lord Lynke et Ventura s'inclinèrent, puis suivirent leur guide qui leur fit traverser plusieurs pièces magnifiques et désertes. Le salon où ils entrèrent enfin était bondé; les dames de la cour y étaient assemblées avec les fonctionnaires et les courtisans qui attendaient la fin des audiences pour reprendre leur service auprès du roi.

Quand lord Lynke passa la porte de la longue salle qui donnait sur les jardins, tout le monde se tut. L'écuyer s'arrêta devant trois femmes assises devant une fenêtre. La beauté de l'une d'elles effaçait toutes les autres.

– Puis-je présenter à doña Alcira le très honorable lord Lynke? demanda l'écuyer.

Il y eut un petit silence, puis Alcira se leva et fit une grande révérence. Ventura n'avait encore jamais vu une femme aussi belle.

– Ainsi, vous êtes-là, monseigneur, dit-elle, l'air amusé.

Hugo effleura de ses lèvres la main qu'elle lui tendait.

– Je suis arrivé, dit-il, mais le voyage m'a paru long car j'étais impatient.

– Peut-on savoir pourquoi?

Lord Lynke haussa les sourcils d'un air incrédule.

– Impatient de vous voir, madame.

Elle rit, d'un rire enjôleur et provocant. Ses yeux le fixaient avec hardiesse.

– Vous êtes un flatteur! dit-elle. On m'a pourtant dit que les Anglais ne savaient pas parler aux femmes!

Elle désigna la foule qui les entourait.

Lord Lynke salua une à une les femmes qu'elle lui présentait, puis elle se tourna vers les hommes.

– D'abord, voici quelqu'un qui semble très étonné de vous voir parvenu ici sain et sauf : don Carlos, marquis d'Estrada.

Lord Lynke ne s'inclina pas. Il regarda l'homme droit dans les yeux.

– Le marquis avait sans doute de bonnes raisons de me croire disparu, dit-il d'une voix coupante.

Don Carlos ne répondit rien. Ventura vit ses doigts se crisper sur la poignée de son épée, puis, sans un mot, il tourna les talons et s'en alla.

Alcira rit méchamment.

– Il est jaloux! dit-elle avec ironie.

Hugo lui baisa de nouveau la main.

– Et maintenant, ajouta-t-il en se redressant, permettez-moi de vous présenter mon page, un jeune Ecossais, Mr Ian Cameron.

En achevant le grand salut qu'elle avait copié sur celui de son maître, Ventura se heurta au regard stupéfait de doña Alcira. Et lorsque leurs yeux se croisèrent, la surprise fit place à une lueur menaçante.

– Son nom est Cameron, avez-vous dit?

– Ian Cameron, à votre service, madame, répondit Ventura aussi fermement qu'elle le put. Alcira n'ajouta rien. Ses joues avaient repris de leur couleur, mais son regard était toujours aussi inquiétant.

7

– On me considère, semble-t-il, comme un important personnage, dit lord Lynke avec satisfaction.

Il fit le tour du salon, inspectant les meubles, sculptés de façon exquise, les bibliothèques pleines de livres précieux, les tableaux qui ornaient les murs.

Il y avait aussi une grande chambre à coucher fort élégamment meublée, et au delà, mais indépendante et donnant sur le couloir, une chambre plus petite pour Ventura.

Le jeune homme cessa d'arpenter la pièce, retira son épée et s'assit sur le canapé.

– Seigneur! s'exclama-t-il, que toutes ces salutations sont fatigantes.

Il n'était pas surprenant qu'il fût las. Depuis leur arrivée, à midi, il n'avait cessé d'aller rendre visite à des personnalités célèbres, de parler à des hommes d'Etat et de flatter quelques courtisans. La jeune fille avait suivi son maître partout, sauf à l'ambassade d'Angleterre.

– Si jamais sir Benjamin devinait que tu n'es pas écossais, il se pourrait qu'il le dise à d'autres, et c'est ce que nous voulons éviter, n'est-ce pas? avait dit lord Lynke à Ventura.

Lorsqu'il rentra au palais, Ventura lui fit part des propos qu'elle avait surpris; Hugo se caressa le menton d'un air songeur.

– Il ne fait aucun doute que ce don Carlos voulait nous empêcher de venir, dit-il.

– Et s'il faisait une nouvelle tentative?

– J'en doute. Si nous avions été tués en chemin, la nouvelle aurait mis des semaines à venir jusqu'ici et il aurait alors été impossible de retrouver les assassins; mais un meurtre en pleine ville, sous le nez des gens de la cour serait bien autre chose.

– Oui... mais tout de même, je n'ai pas aimé l'expression de ce don Carlos. Il... il me fait peur.

– Allons, poule mouillée! taquina Hugo, ne t'inquiète pas, je me méfierai de ce valeureux Espagnol maintenant que je sais qu'il est mon ennemi. Il convoite probablement la main de la belle dame.

– Vous croyez qu'il veut épouser doña Alcira?

– Je ne vois pas d'autre raison à son hostilité, et, ma foi, je le comprends.

– Elle est ravissante, dit Ventura sans enthousiasme.

– Ravissante. Je vais aller la voir maintenant; il est 5 heures, et on dîne tard en Espagne. C'est le moment idéal pour un tête à tête.

Il se leva, toute fatigue oubliée, et sonna Simon pour changer de vêtements.

Une fois seule dans le salon, Ventura s'interrogea sur le changement subit de doña Alcira. Elle revit le visage glacial de la jeune femme et fut soudain terrorisée.

Lord Lynke descendit le grand escalier et gagna la cour où l'attendait son carrosse. Lorsqu'il demanda au cocher de se rendre à la demeure de doña Alcira, il surprit des sourires entendus sur les lèvres des laquais de service. Il constata avec irritation que tout le monde connaissait la raison de sa visite et qu'à partir de maintenant tous les regards allaient suivre sa progression dans le cœur de la belle Espagnole.

« Le diable les emporte! On se croirait au théâtre! » grommela-t-il tandis que le carrosse s'ébranlait.

Il eut soudain envie de rebrousser chemin, mais il comprit que cela suffirait à alimenter les ragots. On attendait qu'il fasse cette visite le plus tôt possible, et il paraîtrait discourtois d'attendre le lendemain.

Tout en traversant le parc, il se remémora la conversation avec sir Benjamin.

– Votre oncle m'a informé par message codé que vous êtes prêt à découvrir pourquoi la reine s'intéresse soudainement à notre pays, dit-il.

– Y aurait-il une autre raison que la paix?

– En supposant que l'Espagne veuille la paix, pourquoi Patino, le Premier ministre, aurait-il donc construit la flotte la plus puissante du monde? Patino est mort l'an dernier, mais son successeur, don Sebastian, poursuit son œuvre. Je n'aime pas ce que je vois et ce que j'entends.

– S'agirait-il d'un projet d'attaque contre Gibraltar?

Sir Benjamin fit un geste évasif.

– Je ne sais pas mais je voudrais bien le savoir. En tout cas, je suis certain que quelque chose se prépare.

L'intérêt et la curiosité de Hugo à l'idée qu'il pouvait réussir là où sir Benjamin avait échoué s'éveillèrent. Cependant, il ne savait pas comment s'y prendre. Le carrosse s'arrêta devant l'entrée monumentale du palais Cartillo. Des laquais somptueusement vêtus s'avancèrent pour ouvrir la portière et aider lord Lynke à descendre. On l'escorta ensuite le long d'un perron de marbre jusqu'à la porte en ogive; il eut l'impression d'entrer dans une cathédrale. On l'introduisit dans un énorme salon exagérément orné en attendant de l'annoncer à doña Alcira.

Il supposait que la jeune femme le recevrait dans ses appartements privés car ce n'était pas la première fois qu'il venait voir, à cette heure du jour, une aimable personne qui prétendait se reposer. Avec un soupir, il se rappela sa maison d'Angleterre, sa beauté discrète et l'impression de sécurité qui s'en dégageait. Là-bas, il ne risquait pas de se faire assassiner et il n'avait pas de femme aux yeux noirs à amadouer. La porte s'ouvrit, et, comme il s'y attendait, un majordome l'invita à le suivre.

Il trouva Alcira étendue devant le feu sur un matelas légèrement surélevé et couvert de coussins brodés de soie rose. Elle portait une tunique presque transparente qui retombait en plis souples.

Le satin qui recouvrait les murs et les fenêtres ainsi que le parfum capiteux de l'encens plongeaient la pièce dans une troublante atmosphère féminine. En se penchant pour baiser la main d'Alcira, Hugo éprouva un léger malaise.

La jeune femme releva la tête pour le regarder,

et il vit que ses cheveux étaient détachés et retombaient librement sur ses épaules mettant ainsi en valeur la blancheur de sa peau. Ils étaient très longs, très fins, superbes, et tombaient en cascades soyeuses.

– Je ne vous attendais pas si tôt, dit-elle.

La voix était douce, mais les mots semblaient comporter un autre sens, une invitation, un encouragement.

– Croyez-vous vraiment que j'aurais pu attendre davantage?

Elle sourit et baissa les yeux, mais Hugo devina qu'elle cherchait à dissimuler son triomphe derrière une fausse timidité.

Elle recula un peu et il comprit qu'elle l'invitait à s'asseoir au bout du canapé.

– Parlez-moi de vous, dit-elle.

Elle n'ignorait pas que le sujet de conversation préféré d'un homme est l'histoire de sa vie.

– Que désirez-vous savoir?

Lord Lynke ne savait trop ce qu'il disait. Il se sentait entraîné dans un tourbillon; il lui était difficile de penser à autre chose qu'au trouble que cette femme éveillait en lui.

Jamais il n'aurait cru être reçu de cette manière pour sa première visite; on lui avait dit que les Espagnoles étaient très surveillées et qu'une duègne les accompagnait toujours. Un homme, affirmait-on, devait contrôler ses moindres paroles, sans quoi il risquait de se trouver devant l'épée nue d'un père ou d'un frère outragé.

Il se dit que doña Alcira, étant veuve, devait être plus libre qu'une jeune fille.

– Je préférerais parler de vous, dit-il.

– Cela vous intéresse-t-il vraiment?

Il put enfin lui répondre sans difficulté.

– Cela m'intéresse beaucoup. Je sais déjà que vous êtes très belle.

– Je suis très heureuse que vous le pensiez. Je croyais que vous n'aimiez que les Anglaises; ces femmes roses et blanches, aux yeux bleus et aux cheveux blonds. Pouah! Insipide! Et dire que les Anglais n'aiment que ça!

Hugo se souvint brusquement de Charlotte, qui n'avait rien d'insipide! Ensuite, à son grand étonnement, il pensa à ces autres yeux bleus qui se mettaient à briller dès qu'il faisait un compliment. Mais il repoussa avec agacement ces souvenirs inopportuns.

– Vous êtes très différente de ce que j'attendais, dit-il avec franchise.

– Qu'attendiez-vous donc?

Hugo se sentait plus lucide; l'odeur de l'encens ne l'oppressait plus autant et le vertige qui l'emportait tout à l'heure se dissipait quelque peu. Il pouvait enfin s'exprimer normalement.

– Vous savez sans doute pourquoi je suis ici, dit-il.

– La reine veut que vous m'épousiez, répondit Alcira paisiblement. Cela vous plaît-il?

Elle le regarda derrière ses longs cils.

– Permettez-moi de vous poser la même question, dit Hugo.

– Comment pourrais-je le savoir? Je ne sais pas qui vous êtes. Il faut que nous apprenions à nous connaître; je veux savoir ce que vous pensez, ce que vous ressentez. Et d'abord, croyez-vous pouvoir m'aimer?

Sa voix était douce et chaude. Hugo lui prit la main.

– Vous êtes étonnante, dit-il.

– Vraiment?

Elle se rapprocha un peu de lui.

– Je ne suis pas idiote, dit-elle. Je sais que vous êtes aussi venu épouser les biens et la position des ducs de Cartillo et moi, la paix et la bonne volonté de l'Angleterre. Mais pourquoi ne trouverions-nous pas du charme à ces contraintes? Pourquoi ne pas nous divertir tout en satisfaisant les gouvernements de nos deux pays?

Le jeune homme se pencha et lui baisa la main. Il était abasourdi par sa franchise mais ne pouvait s'empêcher de reconnaître sa logique. A cet instant, il remarqua qu'imperceptiblement elle avait changé de position. Il posa ses lèvres sur sa main, mais elle sembla vouloir lui donner ses lèvres.

Alors qu'il se penchait pour l'embrasser, quelque chose accrocha son regard dans un coin de la pièce, un objet nettement visible malgré la lumière voilée et le léger brouillard de la fumée d'encens...

Puis il ne distingua plus rien : doña Alcira avait décidément le don de tout faire oublier...

Une heure plus tard, Hugo pénétra dans l'antichambre où la cour s'était assemblée avant le dîner.

Au moment où il rejoignit les autres courtisans, le roi et la reine apparurent, précédés d'un chambellan qui marchait à reculons.

Dès qu'elle vit son maître, Ventura poussa un soupir de soulagement. Ne pouvant rien lire sur son visage, elle se demanda avec inquiétude comment doña Alcira l'avait reçu et de nouveau la peur l'envahit. Mais n'était-ce pas plutôt la jalousie? Elle se trouva ridicule et prétexta l'habitude qu'elle avait prise en restant aux côtés du seul être dans lequel elle avait confiance. C'était la première fois que leur séparation avait été aussi longue. Désormais, elle devrait s'habituer à rester souvent seule.

Pendant le dîner qu'elle passa debout derrière la chaise de son maître, Ventura fut témoin de toutes les conversations. Hugo était assis entre deux femmes charmantes, et elle surprit facilement les efforts qu'elles faisaient pour conquérir le bel Anglais. Leur ambition était si visible et leur stratégie si naïve que n'importe quel imbécile aurait vu clair dans leur jeu. Mais Hugo semblait s'en accommoder fort bien.

Le repas était interminable, et le pauvre page se sentait de plus en plus fatigué; les convives se levèrent enfin et gagnèrent les salons privés du roi et de la reine tandis que les écuyers et les pages reçurent l'ordre de rester dans l'antichambre. Ventura s'assit sur une chaise en espérant qu'elle aurait suffisamment d'énergie pour lutter contre le sommeil. Soudain, elle entendit quelqu'un faire à voix basse une réflexion désobligeante sur « cette sale petite bête » et, se retournant, elle vit à qui s'adressait ce compliment.

C'était l'être le plus hideux, le plus grotesque qu'elle eût jamais vu, un nain qui s'avançait sans regarder personne. Ses énormes mains se balançaient au bout de ses bras, sa grosse tête oscillait sur son corps difforme. Il se dirigea droit sur elle, et la prit par le bras. Elle aurait voulu l'écarter, mais elle surmonta sa répulsion pour éviter de blesser le malheureux. Elle constata avec surprise que la main était lourde et vigoureuse et qu'il serait difficile de se débarrasser facilement de ce petit gnome.

– Venez avec moi, dit le nain en espagnol.

Ventura résista.

– No comprendo, dit-elle d'un ton hésitant comme si c'était la seule phrase qu'elle connût en espagnol.

– Il veut que vous alliez avec lui, traduisit l'écuyer qui parlait anglais.

– Où cela?

– C'est Frivolo, le page de doña Alcira. Sans doute sa maîtresse veut-elle vous voir.

– Mon maître m'a dit de l'attendre ici.

– Allez-y, insista l'homme. Doña Alcira est habituée à ce qu'on lui obéisse; un appel venant d'elle équivaut à un ordre royal.

A contrecœur, Ventura se leva et surprit des murmures railleurs qui s'élevaient sur son passage.

– On dirait que doña Alcira les choisit au berceau maintenant!

– Il va y avoir des rivalités dans l'arène!

Des rires que la jeune fille ne comprit pas fusèrent de toutes parts.

Le nain la guida à travers une succession de pièces de plus en plus petites. Ils pénétrèrent ensuite dans un salon où Doña Alcira les attendait, assise à sa table dans une magnifique robe de satin. La jeune fille demeura debout sur le seuil de la porte tandis que Frivolo disparaissait.

– Viens ici! commanda Alcira en espagnol, d'une voix qui jurait avec sa beauté.

Ventura allait obéir quand elle se souvint qu'elle devait feindre de ne pas comprendre l'espagnol.

– No comprendo, madame, dit-elle respectueusement.

– Viens ici, répéta doña Alcira en anglais.

Ventura obéit et s'immobilisa devant la table.

– Qui es-tu?

– Ian Cameron, répondit-elle en s'inclinant.

– D'où viens-tu? Qui sont tes parents?

– Je viens d'Ecosse. Mes parents vivent près de Perth.

– Décris-moi ton père.

Ventura réfléchit très vite. D'instinct, elle sentait qu'il serait dangereux de dire la vérité.

– Il est très grand avec des cheveux noirs et une moustache grisonnante, improvisa-t-elle.

Alcira ne répondit rien; elle fixait le page d'un regard étrangement scrutateur. Elle se mit brutalement à parler espagnol :

– Il y a un serpent derrière toi! Sauve-toi ou il va te mordre!

Ventura ne bougea pas.

– No comprendo, dit-elle d'un air benêt.

– Depuis combien de temps ton père habite-t-il l'Ecosse?

– Il y a toujours vécu. Son père et ses grands-parents aussi.

La belle Espagnole fit un geste d'impatience.

– Tu peux t'en aller, dit-elle. J'espère pour toi que tu m'as dit la vérité.

– Pourquoi la dissimulerais-je?

– Va-t'en! ordonna doña Alcira.

Ventura salua et sortit. Une fois dehors, elle épongea son front moite; toute tremblante, elle resta un moment sans bouger lorsque soudain, elle aperçut le nain qui l'observait, l'air méchant, embusqué dans un coin.

Elle perdit brusquement son contrôle et se mit à courir désespérément droit devant elle pour échapper à l'horrible monstre et à sa maîtresse. Mais au moment où elle atteignait une antichambre familière, les portes s'ouvrirent au fond de la pièce.

Leurs Majestés allaient se coucher et, derrière le couple royal, comme on aperçoit le port au delà d'une mer déchaînée, Ventura vit lord Lynke qui la cherchait des yeux. Son cœur bondit de joie.

8

Ventura était fatiguée; le bal de la cour durait depuis très longtemps. Au début, elle avait été fascinée par le spectacle des toilettes magnifiques, des bijoux, du cérémonial et par l'immense salle blanche et or avec ses lustres étincelants de mille bougies qui s'harmonisait avec la beauté des femmes et l'élégance des courtisans.

Parmi la foule des danseurs, Ventura entrevit

don Carlos qui suivait lord Lynke de ses yeux jaloux.

Le maître de Ventura surpassait tous les autres, non seulement par sa prestance et par sa beauté, mais par quelque chose qu'elle avait du mal à définir : c'était une expression de sincérité, de loyauté et de probité. Il était comme un souffle d'air pur dans cette atmosphère trop parfumée et surchauffée. Autour de lui, les passions bouillonnaient sous d'élégantes apparences; l'avarice et la cupidité se déguisaient à peine sous les fards et la poudre.

Peut-être, pensa la jeune fille, était-ce doña Alcira qui faisait naître en elle ces impressions. Ce soir, la pupille du roi resplendissait dans une robe de lamé d'or doublée de velours orange. Le corsage très décolleté laissait deviner la perfection de son buste rehaussé par un admirable collier de diamants et de perles. Alcira était radieuse, étourdissante, et pourtant, se disait Ventura, sa beauté dégageait quelque chose de maléfique.

« Il l'aime! » se dit-elle.

Elle observa le visage d'Hugo, penché sur la belle Espagnole et cela lui fit aussi mal qu'un coup de poignard. N'aurait-elle pas dû se réjouir du bonheur de son maître? Son instinct lui cria de l'avertir, mais l'avertir de quoi?

Malgré tous ses efforts, doña Alcira n'arrivait pas à masquer la cruauté qui se dissimulait sous son apparente beauté. Mais qui était Ventura pour expliquer cela à lord Lynke?

Lassée du spectacle, elle prêta l'oreille aux conversations des autres pages.

– L'Anglais a l'air aux anges! dit l'un d'eux.

Les autres s'esclaffèrent.

– Apparemment, il n'est pas gêné de partager.

– Il ne doit rien savoir, à mon avis.

Le premier page ricana.

– Miajado, en tout cas, est au courant de sa venue. Il paraît qu'au combat d'hier il était si distrait que le taureau a déchiré de sa corne le dos de sa veste. Mais la foule a ri, croyant qu'il l'avait fait exprès. Un de mes camarades m'a dit qu'il avait l'air d'un somnambule!

– Attention à ce que tu dis, murmura le jeune garçon en désignant Ventura d'un coup d'œil.

– Le page de l'Anglais ne sait pas l'espagnol.

Ventura se demanda ce que Miajado, qu'elle connaissait de réputation comme tout le monde en Espagne, venait faire dans cette histoire.

Les uns après les autres, les paroles entendues par hasard et demeurées incompréhensibles, les sourires cyniques, les ricanements s'éclairèrent d'une lueur nouvelle. Doña Alcira savait-elle ce qui se disait derrière son dos? S'imaginait-elle, comme toutes les femmes de tous les temps, qu'elle pouvait cacher ses histoires d'amour?

« Que dois-je faire? Comment lui dire? » se demandait la jeune fille.

Son anxiété la tint éveillée jusqu'au moment où les souverains s'en allèrent et où le bal s'acheva.

Pourtant, les plus jeunes courtisans n'avaient pas envie de partir.

– Je dois vous quitter, dit doña Alcira à Hugo.

– Déjà?
– Il est près de 3 heures.
– Vous me faites perdre la notion du temps, répliqua-t-il galamment.
Elle posa sur lui un regard mystérieux et engageant.
– Puis-je vous reconduire? demanda-t-il.
– Pour faire jaser tout le monde?
– Qu'importe? murmura-t-il avec une passion soudaine.
Cette femme l'affolait et il ne pouvait lui résister.
– Vous êtes trop impétueux, dit-elle en riant.
– Accordez-moi cette faveur! supplia-t-il.
Elle refusa.
– Non, je suis fatiguée. Venez demain à 4 heures, nous parlerons de notre avenir.
– Pourquoi pas tout de suite?
Ventura, voyant que son maître se disposait à sortir, avait quitté l'alcôve pour le rejoindre. Alcira se retourna et le regarda dans les yeux : son visage reflétait une haine si furieuse que la jeune fille s'immobilisa comme si elle avait reçu un coup.
– Allez vous coucher et emmenez votre page avec vous! dit doña Alcira.
Sa voix était sèche et péremptoire et sans ajouter un mot, elle s'éloigna. La longue traîne de sa robe ondula derrière elle comme un serpent. Hugo la suivit des yeux d'un air étonné, puis il se tourna vers Ventura.
– Ça m'a tout l'air d'un ordre, dit-il. Mieux vaut obéir.
Ils sortirent de la salle et empruntèrent le

couloir qui conduisait aux appartements des invités.

– Fatigué? demanda Hugo.

– Un peu.

– As-tu entendu quelque chose d'intéressant?

Chaque soir il posait la même question. Ventura hésita. Devait-elle mentionner la conversation des pages? Elle décida de se taire car l'histoire était trop intime, trop gênante pour qu'elle prenne le risque de la révéler. Mais avant qu'elle ait eu le temps de répondre, le jeune homme avait remarqué son incertitude.

– Que s'est-il passé?

– C'est sans intérêt.

– Tout ce qui concerne mon pays ou ma personne a de l'intérêt. Qu'as-tu entendu?

Ventura ne se décidait pas. Hugo ouvrit la porte de l'appartement.

– Viens! commanda-t-il.

Ventura obéit en regrettant d'avoir manqué de présence d'esprit et de n'avoir pas su mentir tout de suite. Le feu brûlait dans la cheminée et deux bougies éclairaient le visage effarouché du page.

– Alors? dit-il. J'attends.

– Ce n'était que... quelques mots en l'air.

– Sur qui?

– Sur... doña Alcira, murmura Ventura.

– Vraiment? Et que disait-on?

– Les pages disaient que... que... balbutia Ventura au supplice. Enfin... ils ont prononcé son nom et... celui de Miajado.

Elle n'osait pas regarder lord Lynke.

– Miajado? répéta celui-ci. Qui est-ce? L'ai-je rencontré?

– Oh! non, monseigneur. C'est un matador.

Le jeune homme éclata de rire.

– Maintenant je comprends pourquoi tu trouvais cette histoire idiote! s'exclama-t-il. Un matador et doña Alcira.

Il se tut soudain et se souvint avec amertume du chapeau de matador oublié sur une chaise lors de sa première visite chez doña Alcira et qu'il avait trouvé incongru.

Il alla se verser à boire.

– C'est ridicule, dit-il. Tu peux aller dormir, Ian. Bonne nuit.

Le page posa sur lui un regard désolé.

– J'ai dit que tu pouvais disposer! répéta-t-il sèchement.

Consternée, Ventura sortit du salon et s'arrêta dans le couloir. Elle ne voulait pas rester sur une mauvaise impression. Elle eut envie de revenir à lui, de lui demander pardon, de lui affirmer qu'elle ne croyait pas un mot de l'affaire, mais tandis qu'elle hésitait, elle entendit lord Lynke claquer la porte de sa chambre. Il ne lui restait plus qu'à aller dormir.

Elle gagna tristement sa petite chambre et se déshabilla. La pièce n'était éclairée que par une bougie et, dans l'ombre, elle cru voir doña Alcira la regarder d'un air méprisant et cruel.

Mais qu'avait-elle fait pour mériter cette hostilité?

Tremblante de peur, Ventura mit sa chemise de nuit et s'agenouilla pour dire sa prière. « Pourquoi ai-je aussi peur? se demandait-elle. Qu'y a-t-il pour m'effrayer? Maman, où que tu sois, aide-moi, protège-moi! Ne m'abandonne pas! Ne m'abandonne pas! »

A cet instant, il lui sembla entendre un léger bruit derrière la porte. Un sixième sens l'avertissait : il y avait quelqu'un, quelqu'un qui attendait... qui écoutait.

Son cœur bondit dans sa poitrine. Avec épouvante, elle se souvint que dans son affolement elle avait oublié de tirer le verrou de sa porte alors que d'ordinaire elle la fermait soigneusement, de crainte que quelqu'un en entrant à l'improviste découvre qu'elle était une femme.

Mais rien ne bougea et elle crut s'être trompée lorsque soudain le plancher se mit à craquer de nouveau.

Brusquement, Ventura se décida. Elle se glissa jusqu'à son lit tout proche : il était étroit, placé contre le mur, surmonté d'un baldaquin et entouré de rideaux. Il était impossible, même dans la clarté lunaire, de voir si quelqu'un y était couché ou non. Rapidement, elle plaça l'oreiller sous les draps, puis, pieds nus, sans faire de bruit sur le tapis, elle gagna la fenêtre, passa sur le balcon et se cacha derrière les volets qu'elle repoussa en laissant un petit interstice pour pouvoir regarder ce qui se passait dans la chambre.

Il faisait froid, mais elle ne le sentait pas; la bouche sèche, le cœur battant, elle attendit.

Alors, lentement, la porte du couloir s'entrouvrit, dans un silence tel qu'elle se demanda si elle ne rêvait pas. L'ouverture s'élargit et devint suffisante pour livrer passage à une personne.

Ventura faillit hurler de terreur : par la porte,

à présent grande ouverte, personne n'entrait. Tout ce qu'elle avait lu ou entendu raconter sur les fantômes lui revint en mémoire. Horrifiée, elle sentit ses cheveux se dresser sur sa tête. Puis, devant le lit, elle vit quelque chose bouger.

Sur le moment, elle eut peine à en croire ses yeux, Frivolo, le nain, avançait doucement vers la tête du lit.

La main sur les lèvres, la jeune fille étouffa un cri : Frivolo serrait dans sa main un poignard dont la lame un instant brilla dans un rayon de lune. L'espace d'une seconde, le visage grotesque fut éclairé et Ventura, épouvantée, y vit une expression de méchanceté indicible, un désir de meurtre. Elle comprit que l'oreiller ne tromperait pas le nain : il allait découvrir sa cachette et l'affreux visage se pencherait sur le sien tandis que le couteau s'enfoncerait dans sa poitrine.

Comme une bête traquée, elle chercha désespérément à fuir. Toutes les fenêtres de l'étage étaient pourvues de balcons ornementaux séparés d'un intervalle de trois pieds.

Pour gagner le balcon voisin, Ventura devait faire un saut dont elle aurait été incapable habituellement car elle était sujette au vertige. Mais la peur lui donna des ailes. Il fallait à tout prix qu'elle aille se réfugier chez lord Lynke.

Sans réfléchir aux terribles conséquences d'une chute éventuelle, elle grimpa sur la balustrade de pierre du balcon, oscilla un instant, se ramassa sur elle-même et sauta. Elle crut entendre derrière elle un cri guttural et le bruit du volet repoussé, mais elle était déjà tombée sur l'autre balcon; ses genoux saignaient et sa chemise de nuit était déchirée mais elle n'y fit pas attention. Là, derrière la fenêtre, lord Lynke la sauverait.

Soudain elle surgit entre les rideaux. Hugo se leva brusquement de la table derrière laquelle il était assis, une main sur son épée.

– Sauvez-moi! Oh! Sauvez-moi!

Ventura traversa la chambre en courant dans sa chemise en lambeaux. Ses cheveux défaits retombaient sur son visage. Elle se jeta dans les bras de lord Lynke, s'accrochant à lui, réussissant seulement à prononcer des mots sans suite.

Sans bouger, Hugo la prit dans ses bras et la souleva puis, frappé de stupeur, hésita un instant avant de la déposer doucement sur un canapé. Il tenta de la lâcher, mais elle resta cramponnée à lui.

– Ne vous en allez pas! supplia-t-elle. Il est là... avec un couteau! Il veut me tuer!... le nain... le nain!

Elle acheva sa phrase dans un gémissement.

Lord Lynke se libéra doucement de son étreinte.

– Il ne viendra pas ici, dit-il avec calme. Je vais te chercher quelque chose à boire.

Il alla remplir un verre de vin, et quand elle voulut le repousser, il insista fermement.

– Bois. Tu as eu très peur.

Elle obéit machinalement et le vin apaisa les frissons qui la secouaient. Sa frayeur se dissipa peu à peu et lorsqu'elle lui rendit le verre, elle croisa son regard fixé sur elle : elle était à moitié dévêtue.

Instinctivement, elle croisa ses bras sur sa poitrine et leva sur lui des yeux craintifs.

Hugo posa le verre.

– Comment ai-je pu être aussi aveugle? demanda-t-il.

Ventura regarda autour d'elle.

– N'auriez-vous pas... quelque chose pour... me couvrir?

Hugo prit un châle brodé sur le dossier d'un fauteuil et le posa sur les épaules de Ventura. Elle s'en enveloppa d'un geste infiniment gracieux et féminin; le châle dissimulant sa chemise et ses genoux écorchés, elle était tellement femme avec son petit visage pointu et ses longs cils que lord Lynke se frotta les yeux en se demandant s'il ne rêvait pas!

– Je suis désolée, dit-elle, rompant enfin le silence. Le nain m'a fait tellement peur que je n'ai plus pensé qu'à lui échapper. Mais pourquoi veut-il me tuer?

Hugo secoua la tête.

– Je n'en ai pas la moindre idée, mais je pense que nous finirons par le savoir. Miajado l'a peut-être envoyé?

Il sourit doucement en prononçant le nom du matador et Ventura comprit qu'il exprimait des regrets pour sa récente colère.

– Frivolo n'obéit qu'aux ordres de sa maîtresse, dit-elle.

– Alors, c'est doña Alcira qui l'a envoyé. Cela paraît pourtant insensé; si elle n'a pas envie de m'épouser, elle n'a qu'à le dire. Du reste, elle n'obtiendrait jamais l'autorisation de se marier avec un matador. Et pourquoi s'attaquer à toi?

– Elle me déteste, dit Ventura. Elle a essayé de me tendre un piège pour voir si j'ignorais vraiment l'espagnol! Je pensais l'avoir convaincue, mais ce soir j'ai lu la haine dans ses yeux. Pourquoi?

– Elle m'a dit : « Allez vous coucher et emmenez votre page avec vous », murmura Hugo.

Il alla se servir à boire.

– Le temps finira bien par éclaircir ce mystère, dit-il.

Il revint s'asseoir auprès de Ventura.

– Et maintenant, que vais-je faire de toi?

Ventura leva brusquement la tête.

– Voulez-vous dire que je dois partir? Ne voulez-vous pas me garder près de vous?

Elle comprit tout à coup ce qu'impliquait pour elle la question de lord Lynke.

– Tu ne vas quand même pas t'imaginer que je vais garder un page du sexe féminin? dit lord Lynke. Seigneur! Quelle histoire si on apprenait cela! Imagines-tu ce qu'on dirait à la cour?

Il se passa la main sur le front.

– Je me suis déjà trouvé dans des moments difficiles, acheva-t-il, mais jamais à ce point-là!

– Mais... si vous me renvoyez, les gens vont trouver cela bizarre, glissa Ventura.

– C'est bien ce qui me gêne. Et en te gardant, je mets littéralement ma tête dans un nœud coulant.

– Je suis désolée, soupira Ventura.

– Désolée? cria Hugo. Je l'espère bien! J'ai

commis bon nombre de folies dans ma vie, mais celle-là est la plus grande : introduire en fraude une jeune fille à la cour d'Espagne!

Il éclata brusquement de rire.

– Et le comble est que je ne peux pas m'empêcher de trouver ça drôle!

– Je n'ai pas pensé un instant que je pouvais vous causer des ennuis, soupira Ventura, consternée.

– Et que diable croyais-tu?

– Je voulais aller à Madrid. En mourant, ma mère m'avait dit de m'y rendre, mais elle n'avait pas eu le temps de m'en dire davantage. Quand cette occasion s'est présentée, je l'ai saisie. Et puis... j'avais tellement envie de manger à ma faim, d'être décemment vêtue... et d'être avec vous.

Hugo s'assit et la regarda.

– Comment n'ai-je rien deviné? grogna-t-il.

– Les gens ont pour habitude de croire ce qu'ils voient, répondit la jeune fille avec philosophie. J'étais tellement maigre que le señor Padilla avait eu l'idée de me faire habiller en garçon pour trouver plus facilement du travail. De toute façon, cela valait mieux.

– Tu es évidemment moins maigre, maintenant.

– Et si je mangeais moins? suggéra la jeune fille. Ce serait peut-être plus prudent?

– Je crois que le plus raisonnable serait de dire que tu as reçu de mauvaises nouvelles de tes parents et que tu dois regagner l'Ecosse, ainsi je te renverrai à Saint-Sébastien.

Ventura poussa un petit cri, tomba à genoux

aux pieds du jeune homme et leva sur lui des yeux pleins de larmes.

– Ne me renvoyez pas, je vous en prie! supplia-t-elle. Je ferai attention, je ferai tout ce que vous voudrez, mais je vous en prie, gardez-moi!

Des larmes ruisselaient sur ses joues. D'un geste presque automatique, lord Lynke l'entoura de ses bras.

– Ecoute, Ian, dit-il... Au fait, ce nom ne te va plus très bien. Que le diable t'emporte! Mais ne pleure pas. Je n'ai jamais pu supporter de voir une femme en larmes.

– Alors, dites que je peux rester.

– Bon, reste si tu veux. Fais tout ce que tu voudras, mais cesse de pleurer.

La jeune fille leva les yeux; un sourire éclaira son visage, comme le soleil d'avril après l'averse.

– Vous me garderez vraiment?

– Oui, grommela Hugo. Je me suis habitué à toi et tu me manquerais si tu t'en allais. Seulement, si quelqu'un découvre cette histoire, je suis perdu. Comprends-tu cela? Perdu! Il me faudra passer le reste de ma vie dans le coin le plus retiré du monde.

– Mais si vous dites que je vous ai menti? Que vous me preniez pour un garçon?

– Te figures-tu qu'on croirait cela? Et de quel imbécile aurais-je l'air? Un homme de mon âge, ayant mon expérience, incapable de reconnaître une fille quand il en a une sous les yeux?

– Je serai très, très prudente, promit Ventura.

– Tu feras bien. A propos, comment t'appelles-tu?

– Ventura. Ça veut dire « chance!» Mes parents croyaient que je leur porterais bonheur.

– Eh bien! ce n'est pas ce qui risque de m'arriver si la supercherie est découverte, déclara lord Lynke.

– Je ne vois pas pourquoi on en ferait une telle histoire. Puisque vous venez ici pour épouser doña Alcira, comment pourrait-on supposer...?

Hugo mit un doigt sous son menton et releva son visage.

– Tu ne connais pas l'imagination des gens, dit-il. Ils t'accuseraient d'être ma compagne.

Ventura devint rouge comme une pivoine et recula vivement.

– Je n'aurais probablement pas dû te dire ça, maugréa Hugo. Il va m'être diablement difficile de changer d'habitude maintenant.

– Je ne veux pas que vous changiez! dit Ventura. Soyez exactement tel que vous étiez, oubliez que je suis une fille.

Elle se leva, cramponnée au châle.

– Je vais retourner chez moi, maintenant, dit-elle. Voudriez-vous aller voir s'il est parti?

– Je serais joliment content de le retrouver, gronda Hugo, mais c'est malheureusement peu probable.

Il sortit de la pièce, son épée à la main, et reparut quelques instants plus tard.

– Il n'y a plus personne, dit-il.

– Merci de vous en être assuré.

Elle le regarda, et le trouva admirable. « Pourquoi avoir eu peur? » se dit-elle, puisqu'il était là pour la protéger?

– Verrouille ta porte, recommanda Hugo. Je laisserai la mienne entrouverte : si quelqu'un passe dans le couloir, je l'entendrai.

– Il ne reviendra pas cette nuit, il sait que je me suis réfugiée près de vous.

– Pour l'amour du Ciel! s'exclama lord Lynke, ne recommence jamais cette escalade des balcons. Si tu étais tombée, tu te serais rompue le cou.

– J'aimais mieux cela que me faire tuer par le nain.

– Je te promets qu'il le paiera cher!

Ventura se dirigea vers la porte.

– Bonne nuit, dit-elle. Et encore merci.

Lord Lynke la regarda.

– Je ne comprends toujours pas comment tu as pu m'abuser ainsi. Peut-être, demain matin, auras-tu de nouveau l'air d'un garçon?

– Tout le monde en sera persuadé, je vous le promets.

Ventura sortit. Hugo la regarda regagner sa chambre. La jeune fille poussa le verrou et, pour plus de sûreté, tira un fauteuil devant sa porte. Elle alluma une bougie et alla se contempler dans une glace. Son visage s'était rempli, ses cheveux ondulaient sur ses tempes et brillaient comme de la soie. Elle regarda ses yeux et, là, elle lut clairement ce qui se cachait dans le secret de son cœur.

– Je l'aime, murmura-t-elle. Je l'aime... et, jusqu'à présent, je ne le savais pas!

9

Ventura entra timidement dans le salon. Elle n'avait pas dormi de la nuit rien qu'à l'idée de devoir affronter lord Lynke le lendemain matin. Elle se souvint de la terreur qui l'avait poussée à se jeter dans ses bras, et se demanda comment elle avait pu être aussi sotte.

« Il ne doit surtout pas se douter de mon amour! » s'était-elle dit en se déshabillant.

Elle le trouva en train de déjeuner. Deux laquais en livrée le servaient et Simon demeurait dans le salon pour le cas où son maître aurait besoin de lui.

– Bonjour, monseigneur.

La voix de Ventura n'était qu'un murmure et son cœur se serra quand elle vit l'expression de son maître.

– Bonjour, dit-il d'un ton sec.

Sans bruit, elle prit place à la table. L'un des valets lui présenta un plat qu'elle repoussa comme tous ceux qui lui furent offerts ensuite; elle ne mangea finalement qu'un peu de pain, du miel et un fruit; le repas se déroula dans un silence complet; quand il s'acheva, lord Lynke congédia les serviteurs et Ventura se retrouva seule en face de lui.

– J'ai réfléchi à ce que je vais faire à propos de ce qui est arrivé cette nuit, dit-il.

– Ce que vous allez faire, monseigneur?

– Oui. Je ne puis tolérer qu'on tente d'assassiner... une personne de ma suite. Le fait que tu sois indemne ne change rien à la question; le nain s'est introduit dans ta chambre et cela suffit.

– Je vous en prie, monseigneur, ne vous en occupez pas; je suis seule à avoir vu le nain. S'il nie être venu, je n'ai aucune preuve.

Hugo ne semblait pas l'entendre.

– Je vais aller voir doña Alcira et lui demander pourquoi un de ses serviteurs a voulu te faire disparaître.

– Elle va se moquer de vous!

Lord Lynke la regarda en face pour la première fois depuis son entrée.

– Pourquoi se moquerait-elle de moi? questionna-t-il.

– Si elle a des raisons de se débarrasser de moi, elle ne va certainement pas vous les avouer.

– Pourquoi voudrait-elle se débarrasser de toi? Pourquoi t'aurait-elle même remarquée?

– Je n'en ai aucune idée, répondit la jeune fille. Pourtant, elle a une raison, j'en suis certaine. Je l'ai senti dès le premier instant où je l'ai vue : quand elle m'a regardée, l'expression de son visage a changé.

– Quelle idée! Tu penses trop. Et ce n'est sûrement pas la réflexion qui t'a incitée à sauter d'un balcon sur l'autre; j'ai mesuré la distance ce matin, il y a plus de trois pieds. Comment as-tu pu être aussi folle?

– Puisque vous mettez en cause mon intelligence, il est inutile que je réponde à cela, répliqua Ventura tristement. Du reste, pourquoi me croiriez-vous? Il vous est plus facile et agréable d'écouter doña Alcira.

Elle se leva de table et s'approcha de la fenêtre; elle avait envie de pleurer. Il était pénible d'être fatiguée, déprimée par une nuit blanche et de subir en plus les remarques acides de lord Lynke. S'il doutait maintenant de sa sincérité et l'accusait de mensonge, c'était trop.

Hugo l'observait. Au bout d'un moment, un léger sourire apparut sur ses lèvres.

– Tu n'as pas l'air contente, dit-il.

Ventura ne répondit rien. Quelques instants après, il reprit :

– Je te demande pardon. Cela suffit-il?

La jeune fille retint ses larmes avec effort.

– Oui, monseigneur.

– Très bien. Va chercher ton chapeau, nous allons chez doña Alcira.

– Si tôt? demanda Ventura avec surprise.

– Les Espagnols commencent leur journée plus tôt que nous et font la sieste dans l'après-midi. Doña Alcira sera certainement levée. De toute façon, l'affaire est urgente.

– Pourquoi?

– Parce qu'après avoir échoué, le nain, ou la personne à laquelle il obéit, peut fort bien faire un nouvel essai.

– Vous n'imaginez tout de même pas que doña Alcira va reconnaître devant vous sa responsabilité?

– Je ne suis pas aussi bête que tu sembles le croire, riposta Hugo. Je ne me contente pas d'écouter les gens, je les observe. Un vieux proverbe ne dit-il pas que « les yeux sont le miroir de l'âme »?

– J'observe aussi, dit Ventura, et je sais que doña Alcira me déteste.

– Mais pourquoi, diable, te déteste-t-elle? Quelle importance peux-tu avoir dans sa vie?

– Croyez-vous que... elle aurait deviné... ce que je suis?

– C'est peu probable, et quand bien même cela serait, ce n'est pas une raison pour te faire assassiner.

Ventura ne trouva rien à dire. Elle resta silencieuse, toute pâle, les yeux fixés sur Hugo. Elle avait bien tiré ses cheveux pour les attacher sur sa nuque et elle ne croyait pas avoir l'air d'une femme; elle aurait été bien surprise si elle avait pu lire les pensées de son maître en cet instant.

Et ce furent précisément elles qui lui firent changer de ton.

– Va chercher ton chapeau, et vite. Tous ces bavardages ne nous mènent à rien.

Quelques minutes plus tard, le carrosse de lord Lynke roulait dans le parc du palais. Le jeune homme semblait de méchante humeur.

« Il l'aime! songeait Ventura. Il est furieux d'avoir à lui parler d'une chose aussi délicate. »

Elle était sûre, absolument sûre que la belle Espagnole était mauvaise. Désespérément, elle aurait voulu sauver son bienfaiteur, mais que pouvait-elle? Que peut-on pour sauver un homme pris dans les filets d'une femme trop belle?

Impulsivement, oubliant tout sauf son amour

pour lui, Ventura posa sa main sur le bras de lord Lynke.

– Je vous en prie, soyez prudent.

– Que veux-tu dire? demanda-t-il avec surprise.

Elle rougit.

– Je ne sais pas au juste, mais... j'ai peur pour vous.

– Peur pour moi?

Il se mit à rire amicalement.

– Depuis que je te connais, tu m'as évité d'être volé, puis d'être tué. Viendras-tu à mon secours une troisième fois?

Ventura rougit encore.

– Je ne sais pas, dit-elle, c'est seulement une impression; il faut que vous preniez garde à vous, maintenant et plus tard, surtout avec...

Elle hésita, n'osant aller plus loin.

– Surtout avec doña Alcira, acheva Hugo.

– Oui, dit la jeune fille en baissant les yeux.

– La peste soit des femmes! s'exclama Hugo. Vois-tu la situation idiote dans laquelle je me trouve? Tout est de la faute des femmes : Charlotte, doña Alcira et toi. Je voudrais vous voir disparaître au fond de la mer!

Avant que Ventura ait pu répondre, le carrosse s'arrêta devant le palais Cartillo. Des laquais se précipitèrent et un superbe majordome leur annonça qu'il allait immédiatement avertir doña Alcira de la venue du visiteur.

– Dites-lui qu'il s'agit d'une affaire de haute importance, déclara lord Lynke.

L'homme s'inclina, puis introduisit le jeune homme et son page dans un salon du rez-de-chaussée, entièrement garni de livres.

Hugo commença à arpenter la pièce de long en large, les yeux fixés sur les livres et les sculptures enrichies d'or et d'argent qui ornaient les bibliothèques.

– Je ne sais pas ce que je cherche, grommela-t-il, et, pourtant, je sens que je devrais trouver quelque chose.

Le majordome reparut.

– Doña Alcira va recevoir Son Excellence.

Lord Lynke se tourna vers Ventura.

– Attends-moi ici, dit-il.

Une fois seule, la jeune fille imita son maître et fit le tour du salon. Elle se souvint alors vaguement d'une pièce similaire que son père lui avait décrite avant de mourir. Il avait également précisé qu'une porte secrète était dissimulée parmi les rangées de volumes.

« Il y avait, entre autres, une guirlande de roses sculptées dans le bois, disait-il. Il suffisait d'appuyer au centre de la troisième rose en partant de la gauche pour qu'elle s'ouvre. Elle était recouverte de livres comme le reste du salon et, quand elle était fermée, nul ne pouvait se douter de son existence. C'était une cachette idéale! »

Ventura considéra les volumes alignés et s'aperçut avec stupéfaction que les boiseries d'encadrement des bibliothèques étaient sculptées de fleurs et, plus précisément de roses! Le cœur battant, la jeune fille se demanda si ce souvenir soudain surgi de sa mémoire n'était pas une indication, une sorte de conseil lui disant qu'il fallait agir. Elle examina soigneusement les guirlandes, avançant très lentement, et, lorsqu'elle parvint au milieu de la paroi, elle vit qu'une guirlande ne comportait que des roses. Elle mit le doigt sur le centre de la troisième en partant de la gauche.

Elle entendit un léger déclic, et un pan de la bibliothèque pivota devant elle. La porte secrète se trouvait bien là où l'avait dit son père.

Nulle force au monde, en cet instant, n'aurait empêché Ventura de franchir ce seuil mystérieux. Elle s'attendait à découvrir des marches ou un couloir et fut un peu déçue de se retrouver dans un réduit étroit et poussiéreux, encombré de vieilles chaises cassées et de paperasses. Pendant que la jeune fille regardait autour d'elle, la porte se referma sans bruit.

Elle fut d'abord effrayée puis constata que cette porte était aussi facile à ouvrir de l'intérieur que n'importe quelle autre. Elle tourna la poignée, puis poussa le panneau qui pivota docilement. Le mécanisme secret avait été étudié pour ne laisser la porte ouverte que le temps nécessaire au passage d'une personne. Elle examina les papiers. Ils étaient apparemment très vieux. Elle s'apprêtait à entreprendre leur lecture quand elle entendit une voix toute proche :

– Si Vos Excellences veulent bien attendre ici, je vais avertir doña Alcira de leur arrivée.

Les paroles étaient si nettes que Ventura put à peine croire qu'elle les avait entendues à travers l'épaisseur de la bibliothèque. Pourtant, quelqu'un était entré dans la pièce et elle se demanda si elle devait se montrer ou demeurer dissimulée.

Une autre voix s'éleva :

– Je crois, don Carlos, que vos domaines nous seront fort utiles.

– Ils sont entièrement à la disposition de Votre Grâce.

Ventura tressaillit : don Carlos se trouvait dans la bibliothèque! A cet instant, elle distingua un rai de lumière venant de la pièce. En s'approchant, elle constata qu'il était facile de voir et d'entendre par l'interstice laissé entre deux livres tout ce qui se passait dans la pièce sans être vu.

« Voilà un bel exemple de la méfiance espagnole », se dit-elle.

La jeune fille jeta un regard par l'ouverture et vit les trois hommes. Elle reconnut aussitôt Don Carlos et le duc de Montemar, le trop célèbre ministre de la Guerre. Par contre, elle ne se souvenait pas du troisième.

– De combien d'hommes aurez-vous besoin pour couvrir les terres de don Carlos? demanda ce dernier.

Le ton affecté sur lequel il parlait réveilla les souvenirs de Ventura : il s'agissait du comte de Montijo, l'ambitieux président du Conseil des Indes.

– Cinq ou six mille devraient suffire, répondit le duc.

– La garnison de Gibraltar n'étant pas nombreuse, vous aurez donc l'appui de la flotte, ajouta don Carlos.

– Vous êtes certain que les Anglais ne se doutent de rien?

– Absolument.

– Mais la flotte représente un certain handicap, reprit Montijo. Si nous faisons passer vingt ou trente vaisseaux en Méditerranée, les Anglais devineront qu'il se prépare quelque chose. C'est pourquoi il nous faut du temps; nos vaisseaux passeront le détroit un par un et demeureront près des côtes africaines jusqu'au signal.

– Personnellement, je crois pouvoir mener seul l'attaque, déclara le duc avec assurance.

– L'attaque doit venir des deux côtés, répliqua Montijo fermement. Et si vous tenez toujours à la victoire, rappelez-vous que rien ne doit être fait précipitamment.

– Combien de temps faut-il pour faire passer la flotte en Méditerranée? demanda don Carlos.

– Deux à trois mois, à condition naturellement que nous obtenions sans tarder le consentement de la reine.

– Croyez-vous vraiment qu'il soit sage de nous confier à doña Alcira? demanda Montemar.

Montijo leva les mains.

– A qui d'autre pourrions-nous nous adresser? Je n'ose parler à la reine en présence du roi. Vous savez aussi bien que moi qu'il est radicalement opposé à la guerre et qu'il est impossible de voir la reine en tête à tête.

– Ne pouvez-vous lui demander une audience?

– Pour faire parler toute la cour? Nous ne pouvons pas prendre un tel risque.

– Mais doña Alcira réussira-t-elle dans cette mission?

– La reine l'aime beaucoup, déclara Montijo,

et elle peut la voir seule à seule à n'importe quel moment. Croyez-moi, elle est notre seule chance.

– Vous avez raison, approuva le duc. Il nous faut garder le secret absolu.

A cet instant, la porte s'ouvrit et le majordome parut.

– Doña Alcira recevra Vos Excellences dans quelques minutes, annonça-t-il. En attendant, elle vous prie d'honorer cette demeure en prenant des rafraîchissements dans la salle à manger.

– Excellente idée! approuva Montijo.

Ils sortirent tous les trois du salon. C'était pour Ventura le moment de s'échapper de sa cachette. Elle jeta un dernier regard sur les papiers et décida qu'il était trop dangereux de s'attarder, même s'ils présentaient quelque intérêt, et se tourna vers la porte.

Elle allait se diriger vers la porte lorsque son regard s'attarda sur un tableau accroché au mur. Elle s'approcha et découvrit avec stupeur qu'il la représentait trait pour trait. La ressemblance était si frappante qu'elle ne pouvait pas s'être trompée. Elle retrouva le même visage allongé, le petit nez droit, le front carré, les mêmes lèvres pulpeuses. Seule la couleur des yeux était différente. Sur une plaque de cuivre fixée au cadre doré, Ventura lut cette inscription : « Doña Anna-Luisa, 1718 », elle comprit alors que le portrait était celui de sa mère, lorsqu'elle avait à peu près son âge. Sa mère!

Elle demeura les yeux fixés sur cet autre visage; elle crut que sa mère était venue à elle, qu'elle la serrait dans ses bras, tout contre son cœur, et qu'elle trouvait enfin le bonheur et la protection contre le mal.

– Maman! murmura-t-elle, maman!

Machinalement, elle tendit une main pour toucher le cher visage, mais ses doigts ne rencontrèrent que la froideur de la toile peinte. Elle revint brusquement sur terre. Les questions jaillirent dans son esprit. Que faisait là ce portrait? Pourquoi doña Alcira le possédait-elle? Comment son père avait-il eu connaissance de la porte secrète? Avait-il donc séjourné dans ce palais?

C'était un véritable puzzle. Elle regarda le portrait une dernière fois et sortit de la pièce. La porte se referma alors sans bruit derrière elle.

Elle décida de se mettre immédiatement à la recherche de lord Lynke, elle ne pouvait attendre une seconde de plus pour le voir. Il fallait qu'elle lui dise tout de suite ce qu'elle avait entendu, et qu'elle lui parle du portrait. Sans réfléchir davantage, ne songeant qu'à la gravité de ses problèmes, Ventura sortit du salon et s'engagea dans l'escalier.

Mais une fois sur le palier, elle ne sut quelle direction prendre. Des couloirs partaient dans toutes les directions; et toujours sous l'influence d'une impulsion qui l'empêchait de réfléchir, elle choisit le couloir de gauche et courut jusqu'à une porte sculptée surmontée d'un écusson, qui, d'après elle, ne pouvait être que l'entrée du domaine particulier de la belle Espagnole.

Elle frappa, et une voix féminine répondit. Elle entra et demeura un instant sur place, éblouie par le soleil qui la frappait en plein visage. Sa vue s'éclaircit enfin et elle distingua la pièce décorée avec beaucoup de douceur. Une vieille dame aux cheveux blancs, assise, entourée de fleurs, près de la fenêtre ouverte, lui dit d'une voix douce :

– Entrez, jeune homme. Que puis-je faire pour vous?

– Je vous demande pardon, madame, répondit Ventura. Je me suis trompée de porte; je cherchais lord Lynke qui fait une visite à doña Alcira.

– Et qui est donc lord Lynke? Non, ne partez pas, venez me parler, cela m'intéresse. Qui est-il?

– C'est mon maître, madame.

La jeune fille avança de quelques pas tout en se demandant avec impatience comment elle pourrait s'en aller.

– Ce n'est pas une réponse, dit la vieille dame en souriant. Voyons... Lynke... n'est-ce pas un nom anglais?

– En effet, madame.

Tout à coup, la jeune fille se rendit compte de son étourderie. Pour la première fois depuis son arrivée à Madrid, elle avait oublié la consigne et parlé espagnol.

– Je suis désolée... il faut que je parte, balbutia-t-elle.

Surprise, la vieille dame regarda Ventura. Soudain, son expression se modifia; elle dévisagea la jeune fille et, d'un geste impulsif, lui tendit les bras.

– Anna! dit-elle d'une voix chaleureuse et brisée à la fois, Anna-Luisa, tu es revenue! Oh! mon enfant! Tu es revenue à moi!

10

Doña Alcira fit la grimace en entendant frapper à sa porte. Elle était fatiguée car elle avait peu dormi, et une matinée chargée l'attendait. Il lui fallait s'occuper de ses domaines, tâche qui devenait de plus en plus lourde, mais dont elle tenait à s'acquitter elle-même car elle n'avait confiance en personne. Son premier soin, après la mort de son père, avait été de chasser tous les vieux serviteurs et employés qui servaient sa famille depuis un quart de siècle. Ce matin, elle voulait vérifier les comptes du fourrage des chevaux et des réparations de carrosses car elle estimait ces dépenses exagérées.

Elle devait en plus voir don Carlos et ses amis. Sans connaître la raison de leur visite, elle la devinait importante. Leur venue pouvait fort bien être en rapport avec leur haine non dissimulée pour l'Angleterre et leur opposition à son projet de mariage. Le souvenir de l'Anglais, ainsi évoqué, adoucit légèrement la sévérité de son visage. Elle ne s'était pas attendu à ce qu'il fût aussi séduisant, aussi raffiné.

De toute manière, son aventure Miajado s'était terminée à cause de lui.

Elle avait eu l'intention d'annoncer la chose au matador la veille; mais lorsqu'il s'était approché d'elle, superbe et scintillant dans son habit de lumière brodé de paillettes d'argent, elle était tombée dans ses bras. Mais c'était la dernière fois.

– Qu'y a-t-il? demanda-t-elle avec irritation au serviteur qui entrait.

– Son Excellence lord Lynke vous prie de la recevoir, madame.

Doña Alcira hésita. Elle regarda les papiers importants qui s'amoncelaient sur la table puis elle leva les yeux vers un miroir et entrevit son visage admirable, son regard, sombre, mystérieux et ensorcelant...

– Je recevrai lord Lynke dans mon boudoir, déclara-t-elle. Tirez les rideaux et faites brûler l'encens avant de l'introduire.

Le serviteur sortit et Alcira sourit. Elle triomphait. Non, elle n'avait plus besoin de Miajado, elle allait le congédier, comme elle en avait congédié bien d'autres. Que ferait-il? Viendrait-il pleurer à ses genoux, supplier comme certains de ses prédécesseurs? Formulerait-il de vagues, d'horribles menaces qui n'avaient aucune chance de se réaliser? C'était plutôt à cela qu'elle s'attendait : Miajado n'était pas un être faible, prêt à s'humilier, ou à se suicider, comme l'avait fait un de ses anciens soupirants. Avec un haussement d'épaules, elle écarta Miajado de sa pensée. Il n'avait plus aucune importance. C'était lord Lynke qui l'intéressait désormais. Lord Lynke, si impatient de la voir qu'il ne pouvait même pas attendre l'heure protocolaire des visites.

Elle remit un peu de poudre sur son visage, ajouta un peu de rouge sur ses lèvres et, d'un pas assuré, elle se dirigea vers son boudoir.

Le parfum âcre de l'encens se mêlait à celui des fleurs.

Hugo était debout devant la cheminée. Elle le

contempla un long moment sans qu'il s'en aperçoive. Il n'avait pas la grâce du matador mais il était beau et distingué. Son cœur se mit à battre plus vite; près de lui, elle se sentait faible et féminine.

– Vous venez de bonne heure, milord, dit-elle.

Le jeune homme se tourna brusquement vers elle.

– Je suis votre serviteur, madame, dit-il. Il me fallait vous parler sans attendre.

– Je suis très occupée, répliqua Alcira, très occupée... mais jamais trop pour vous recevoir.

Elle parlait d'une voix caressante. Lorsqu'il lui baisa la main, elle regretta qu'il se montre si réservé.

– Ce que j'ai à vous dire est désagréable, reprit l'Anglais.

– Désagréable?

Alcira ouvrit de grands yeux et devina soudain la raison de sa visite. Elle n'avait pas vu Frivolo ce matin; le nain la gênait quand elle avait du travail et il avait ordre de ne pas paraître avant qu'elle ne le fît appeler. Elle déplora de n'avoir pas songé à lui parler avant d'accepter de recevoir lord Lynke; la veille, elle avait fait part de son projet au nain mais elle ne s'attendait pas à ce qu'il agisse aussi vite. Elle comprit alors qu'il avait dû se rendre dans l'appartement des Anglais pendant la nuit.

Et après tout, quelle importance? Il valait mieux en finir le plus vite possible. Il était seulement dommage qu'elle ne sache pas ce qui s'était passé exactement.

– Qu'est-il arrivé? demanda-t-elle en souriant. Vous semblez contrarié. Alors que je voudrais qu'en Espagne tout ne vous soit qu'enchantement!

Hugo resta impassible.

– Je suis venu vous parler de votre nain, dit-il.

– Frivolo? demanda la jeune femme avec une surprise feinte. Qu'a-t-il pu faire qui vous ait offensé? Oh!... Je sais que parfois il est agaçant, mais sa langue pointue me fait rire et je n'ai pas beaucoup l'occasion de m'amuser.

– Cette nuit, il s'est attaqué à mon page, dit-il, imperturbable.

– Le petit Ian Cameron? Oh! Je ne puis le croire! Qu'aurait fait ce garçon pour taquiner Frivolo?

– Je pensais que vous pourriez peut-être me renseigner.

– Comment le saurais-je? Je suis aussi stupéfaite que vous. Frivolo est parfois pris de violente inimitié pour les gens mais en général c'est par jalousie. Un jour, il a été jusqu'à menacer don Carlos. Mais don Carlos est un homme et Ian Cameron est un enfant. Pauvre petit! Comment s'est-il défendu?

– A votre idée, que pouvait-il faire? demanda froidement Hugo.

Alcira se cacha le visage dans les mains.

– C'est affreux! s'écria-t-elle. Je suis honteuse et indignée! Je vais chasser Frivolo d'ici, je vais l'envoyer dans mes terres du sud.

Elle émit un petit sanglot fort bien imité et tendit les mains vers lord Lynke.

– Pardonnez-moi cette imprudence, dit-elle. Je vous trouverai un autre page et nous ferons de magnifiques funérailles au pauvre petit Ian.

– Des funérailles? demanda Hugo avec ironie.

– Oui. Il est inutile de raconter ce qui s'est produit. Vous n'aurez qu'à dire qu'il s'est tué par accident... ou qu'il avait le cœur faible. Il ne faut pas risquer de provoquer un scandale qui bouleverserait Leurs Majestés. Oui, un cœur faible est, je crois, la meilleure raison à invoquer.

– Vous aviez vraiment tout prévu, dit Hugo lentement.

– Ne perdons pas de temps, reprit Alcira, sans se rendre compte qu'elle s'enferrait. Vous avez bien fait de venir me trouver à la première heure. L'enfant est mort, inutile d'en faire une histoire. J'enverrai mes serviteurs chercher le corps.

– Ce ne sera pas nécessaire.

– Si, je vous en prie, laissez-moi m'occuper de tout. Il me semble que je suis un peu responsable de cette mort. Si j'avais surveillé Frivolo, ce pauvre enfant serait vivant en ce moment. C'est vraiment affreux. Mais hélas, ce qui est fait ne peut être changé. Veillons à ne pas créer de difficultés entre votre pays et le mien.

– Ne vous inquiétez pas de cela, déclara Hugo. Voyez-vous... Ian Cameron n'est pas mort.

Il y eut un silence.

– Pas mort? répéta enfin doña Alcira d'un ton bref.

– Non. Il est vivant.

L'Espagnole était devenue d'une pâleur de cire

et Hugo crut un moment qu'elle allait s'évanouir. Elle se domina pourtant et demanda avec effort :

– Quel médecin avez-vous consulté? A qui avez-vous parlé! Dites vite... C'est de la plus grande importance!

– Il n'avait besoin d'aucun médecin, déclara Hugo avec une douceur moqueuse, sans quitter des yeux son interlocutrice. Ian, Dieu merci, n'a pas une égratignure. Il a échappé à votre nain en sautant du balcon de sa chambre sur celui de la mienne.

– C'est impossible! cria Alcira. Personne n'aurait pu commettre une telle folie!

– Néanmoins Ian l'a tentée et réussie. Par conséquent, il est inutile de songer pour le moment à l'enterrer.

– Je ne puis croire cette histoire, dit sèchement Alcira.

– Et je ne puis croire que votre nain, votre employé personnel, ait attaqué mon page sans raison précise. Quelle est cette raison?

Doña Alcira tendit les mains vers lui.

– Comment le saurais-je?

– Appelez le nain et demandez-le-lui.

L'Espagnole se récria :

– Non, nous ne pouvons faire cela! Frivolo est simple d'esprit, tout en étant rusé comme un animal. Cela ne servirait à rien de l'interroger.

– J'aimerais essayer.

– Non!

Alcira lui avait presque craché le mot au visage.

– Pourquoi? demanda tranquillement Hugo.

– Parce que je ne le veux pas.
– Voici, je dois le dire, une réponse bien féminine. Puis-je vous faire part de mon avis?
– Si vous voulez.
– Eh bien, je crois que vous êtes à l'origine de cette tentative d'assassinat.
– Moi?
– Oui, et j'irais même jusqu'à dire que vous lui en avez donné l'ordre.
– Vous êtes fou! cria Alcira. Pourquoi m'occuperais-je de votre page? Que m'importe qu'il soit mort ou vivant?
– Malheureusement, je n'en sais rien, mais je puis vous assurer que je suis décidé à le découvrir.
Alcira, tout à coup, perdit son sang-froid.
– Sortez! hurla-t-elle. Allez-vous-en! Comment osez-vous m'accuser sans preuves? Le roi entendra parler de cela!
– Sans aucun doute, répliqua-t-il. J'ai l'intention de parler moi-même à Sa Majesté, répondit Hugo en la saluant.
Il s'inclina de nouveau et s'avança vers la porte.
– Attendez, murmura Alcira, alors qu'il s'éloignait. Croyez-vous vraiment que nous devions en venir là à cause d'un page?
– Je suis garant de sa sécurité, dit le jeune homme, glacial.
– Mais... dois-je comprendre que vous tenez plus à lui qu'à moi?
Lord Lynke marqua un temps d'arrêt avant de répondre
– Je n'en suis pas certain...

Et avant que la jeune femme pût dire un mot, il sortit du boudoir.

Elle fixa, un instant, la porte d'un air égaré en serrant et desserrant convulsivement ses doigts, puis elle fut prise d'une de ces crises de rage hystérique que ses serviteurs connaissaient trop bien. Etranglée par les larmes, elle parcourut la pièce en proférant d'ignobles injures. Elle jeta contre les murs tous les bibelots qui lui tombaient sous la main, puis elle frappa les meubles, jusqu'à se meurtrir les poings. Epuisée, elle s'écroula par terre en sanglotant, jusqu'à ce que ses suivantes viennent la relever.

Hugo, quant à lui, était redescendu, les lèvres serrées, le regard dur. Il regardait autour de lui, espérant apercevoir le nain, décidé s'il le voyait à lui arracher la vérité, même s'il devait le tuer. Mais Frivolo n'était pas là. Il n'y avait personne nulle part.

Il ouvrit la porte du salon où il avait laissé Ventura et trouva la pièce vide; il crut se tromper, regarda derrière les sièges, dans l'embrasure des fenêtres, pensant que la jeune fille, peut-être, avait pris peur et s'était cachée. Avec un coup au cœur, il constata qu'elle avait disparu.

Hugo tira énergiquement le cordon de la sonnette, mais il dut attendre de longues minutes avant d'obtenir un résultat. Il avait l'impression d'être là depuis des siècles quand un valet parut enfin.

– Veuillez avertir mon page, Mr Cameron, que je suis prêt à partir, dit-il au serviteur.

– Le page est introuvable, Excellence, dit-il.

– Il faut le trouver! s'exclama Hugo. Que lui est-il arrivé?

L'homme qui était de service à l'arrivée des visiteurs inspecta la pièce comme si il s'attendait à voir surgir Ventura d'un moment à l'autre. Interloqué, il partit précipitamment puis revint après un interminable moment.

– Je ne sais pas. Il était ici quand je l'ai vu pour la dernière fois.

– Alors il doit être dans le palais. Qu'on le trouve! S'il n'est pas ici dans cinq minutes, j'irai moi-même à sa recherche.

Le majordome eut l'air épouvanté.

– Je ne comprends pas... commença-t-il.

– Allez le chercher! coupa sèchement lord Lynke.

L'autre sortit à la hâte. Hugo ne pouvait plus tenir en place; il quitta le salon en se demandant s'il devait aller revoir doña Alcira et la forcer à faire rechercher Ventura?

Hugo dut faire appel à toute sa volonté pour ne pas se mettre à parcourir le palais et ouvrir toutes les portes.

Trois minutes passèrent : le majordome ne revenait toujours pas.

– Que le diable les emporte! gronda Hugo. Il faut que je fasse quelque chose.

Il venait de saisir la poignée de son épée lorsque Ventura apparut en haut de l'escalier.

Jamais le jeune homme n'aurait cru être si content de revoir quelqu'un. Il lui semblait qu'un énorme poids se retirait de sa poitrine. A cause du bonheur qui l'envahissait après ces minutes d'angoisse intolérable, il perdit son sang-froid et demanda avec colère :

– Où diable étais-tu?

Il oubliait qu'elle était une femme, il oubliait tout, sauf que ce page aux joues pâles était cause de la plus grande anxiété qu'il eût jamais éprouvée.

– Je vous cherchais, monseigneur, dit simplement Ventura.

– C'est bon. Sortons vite d'ici, dit-il d'un ton bourru.

Un instant plus tard ils remontaient dans le carrosse et roulaient dans la direction du palais.

– Maintenant, je pense que tu vas m'expliquer ta curieuse manière d'agir? dit Hugo avec aigreur.

Il avait envie de la battre et, dans son indignation, il ne remarqua ni sa pâleur ni son regard troublé.

– Je suis désolée de vous avoir fâché, monseigneur, mais j'étais partie à votre recherche. J'avais des nouvelles d'une telle importance à vous communiquer que je ne pouvais pas attendre et c'est ainsi que je me suis perdue dans le palais...

– Et quelles sont ces nouvelles incroyables? demanda le jeune homme d'un ton sceptique.

D'un trait, Ventura lui raconta qu'ayant découvert par hasard l'entrée d'une chambre secrète, elle avait vu et entendu trois hommes parler dans le salon. Dotée d'une mémoire excellente elle rapporta mot pour mot leur conversation.

Lord Lynke l'écouta sans l'interrompre.

– Seigneur! s'exclama-t-il quand elle eut fini. Sir Benjamin ne se trompait donc pas. Il faut qu'il envoie un messager à Londres sans perdre un instant. Mais arrivera-t-il assez tôt?

– N'oubliez pas que doña Alcira doit encore obtenir l'assentiment de la reine, lui rappela Ventura.

– Cela nous donne un peu de répit, évidemment, mais dès que l'autorisation sera donnée, les vaisseaux traverseront la Méditerranée.

Il prit la main de la jeune fille.

– Merci, Ventura, dit-il gravement. Tu es sûre, ajouta-t-il soudain, qu'ils ne se doutent pas d'avoir été épiés?

– Je ne vois pas comment ils connaîtraient l'existence d'une chambre secrète à côté du salon.

– C'est vrai. Comment as-tu fait pour découvrir la porte?

– J'ai eu de la chance, milord, répondit Ventura évasivement.

Elle préféra taire l'épisode du portrait ainsi que les secrets de son père. Elle penserait plus tard à ses problèmes personnels. A présent, elle se réjouissait d'avoir procuré à lord Lynke les renseignements qu'il était venu chercher. Ainsi, elle lui rendait un peu de ce qu'il avait si généreusement fait pour elle, et elle réparait l'ennui qu'elle lui causait en se faisant passer pour ce qu'elle n'était pas.

Elle flottait dans le bonheur. Enfin, elle savait qu'elle était la petite-fille de la vieille dame rencontrée par hasard. Sa mère, la fille aînée du duc de Cartillo s'était sauvée parce qu'on lui interdisait d'épouser cet Ecossais sans le sou, exilé pour avoir soutenu Jacques Stuart.

Pourtant, s'il était doux de savoir cela, il restait encore à le prouver. Certes, la vieille duchesse se rappelait parfaitement le passé, mais pour le reste, ses idées s'embrouillaient quelque peu. Elle se souvenait du chagrin du marquis de Torre Nueva auquel la mère de Ventura était officiellement fiancée, et décrivait, comme si c'était hier, la colère de son mari après la fuite de sa fille aînée. Elle ignorait par contre les noms des souverains actuels et elle avait eu de la peine à comprendre que Ventura était sa petite-fille et non sa fille.

Ventura savait maintenant pourquoi Alcira avait voulu sa mort...

– Je dois voir sir Benjamin immédiatement dit Hugo, lorsque le carrosse s'arrêta devant le palais. Je préfère que tu ne viennes pas; je ne veux pas subir d'interrogatoire sur le fait que Roderick Lane ait été remplacé par Ian Cameron.

– Naturellement, dit vivement Ventura.

– Ne crois pas que je diminue la valeur du service que tu m'as rendu. Au contraire, je te suis infiniment reconnaissant, mais j'aime autant que sir Benjamin ne te voie pas.

– Vous avez parfaitement raison, approuva la jeune fille.

– Monte dans ta chambre, et pour l'amour de Dieu, tiens-toi tranquille jusqu'à mon retour. Si tu as peur, enferme-toi, où demande à Simon de te tenir compagnie.

– Tout ira bien, promit Ventura.

Elle descendit du carrosse et entra dans le palais. Lord Lynke ordonna au cocher de le conduire à l'ambassade d'Angleterre et la voiture repartit.

Arrivée dans sa chambre, Ventura contempla sans le voir le jardin qui s'étendait à ses pieds. Elle avait l'impression de regarder le passé; elle comprenait tant de choses demeurées jusque-là mystérieuses! Mais elle était sûre que jamais sa mère n'avait regretté sa décision.

Elle voyait à présent pourquoi la pauvre femme lui avait enjoint de se rendre à Madrid; elle voulait que sa fille aille consoler ses grands-parents. Mais que pouvaient bien donc être ces lettres dont elle avait parlé? Ventura se le demanda pour la millième fois. Elle avait cherché partout, cherché encore et encore sans en trouver trace. Sa mère s'était-elle trompée? Avait-elle eu l'intention d'écrire à ses parents et était-elle morte avant de l'avoir fait? Avait-elle imaginé l'existence des lettres au moment où elle mourait?

La jeune fille alla prendre le coffret à bijoux, le seul objet dont elle ne s'était pas séparée. A présent, elle savait ce que signifiaient les initiales qui y étaient gravées : A.L.C. La couronne qui les surmontait était celle des ducs de Cartillo. Cette boîte serait-elle acceptée comme preuve de son identité? Elle en doutait : n'importe qui pouvait acheter ou voler un coffret semblable.

Elle se souvint du visage dur de doña Alcira et de ses questions. Il lui serait facile d'acheter de faux témoins pour convaincre d'imposture l'audacieuse qui, s'étant fait passer pour un garçon, osait revendiquer sa place dans une illustre famille.

Non, si elle voulait dire son vrai nom et faire valoir ses droits, elle devait fournir d'autres preuves qu'une ressemblance avec un tableau et un coffret à bijou ne contenant qu'un vieux crucifix.

Ventura ouvrit la boîte et prit la croix qu'elle caressa doucement en se rappelant combien sa mère avait prié devant elle.

« Mon Dieu, aidez-moi à me faire reconnaître! supplia-t-elle du fond de son cœur. Je vous en prie, mon Dieu! Aidez-moi! »

Les larmes lui montèrent aux yeux. Elle se pencha sur le coffret.

– Si seulement tu pouvais parler! murmura-t-elle.

Elle se dirigea vers la commode pour remettre la boîte à sa place, lorsque soudain, éblouie par le soleil et affaiblie par sa mauvaise nuit et sa journée mouvementée elle trébucha et tenta de reprendre son équilibre, mais le coffret lui échappa des mains et à grand bruit tomba bruyamment sur le sol.

Ventura poussa un cri; les fragiles incrustations allaient être abîmées et l'objet était le seul souvenir qu'elle avait conservé de sa mère. Elle se pencha pour le ramasser et tressaillit; le choc avait déplacé un petit tiroir dissimulé dans la base du coffret. C'est alors qu'elle découvrit les deux lettres.

La jeune fille les considéra un long moment.

« Comment ai-je été assez sotte pour ne pas les trouver? » se demandait-elle.

Mais le tiroir était vraiment bien caché. De nouveau, les larmes brûlèrent ses yeux à la vue de l'écriture de sa mère. L'une des lettres adressée au marquis de Torre Nueva portait cette indication . « Au cas où mon père, le duc de Cartillo, serait mort ou refuserait de recevoir Ventura. »

« Elle avait pensé à tout », se dit la jeune fille en retenant ses larmes.

Elle ramassa les lettres et les serra contre son cœur.

Malgré son émotion, elle se ressaisit et décida d'agir intelligemment. Sous aucun prétexte elle ne devait causer de l'embarras à lord Lynke, ou le mettre dans une fausse position. Quoiqu'il arrivât, elle ne voulait pas l'exposer à un scandale ou même à des commérages. Elle l'aimait tant qu'elle était prête à tout lui sacrifier. Elle accepterait de déchirer les lettres et de demeurer l'enfant des rues de Saint-Sébastien s'il y trouvait un avantage.

Mais serait-ce vraiment avantageux pour lui?

Elle se souvint de doña Alcira, de ses yeux méchants, de ses lèvres cruelles. Elle devait à tout prix délivrer son bienfaiteur de cette femme.

Elle se sentit soudain pleine de confiance; elle pouvait maintenant arracher à doña Alcira la richesse et le pouvoir qui la rendaient si dangereuse. Il lui fallait cependant rester prudente. Alcira n'avait pas réussi à la faire disparaître et il était probable qu'elle s'y prendrait mieux la prochaine fois.

Ventura frissonna. Elle se demanda ce que lord Lynke avait dit à la jeune femme.

« Il me le dira plus tard », décida-t-elle.

Elle savait à présent ce qu'elle devait faire. Doña Alcira avait deviné qui elle était. Elle tenterait sans retard de se débarrasser d'elle et si l'on découvrait que le page de lord Lynke était une femme déguisée, il pouvait être déshonoré, peut-être même exilé d'Angleterre.

« Il faut que j'aille trouver le marquis tout de suite, se dit la jeune fille. Il faut que je lui remette la lettre. »

Elle se demanda en vain si elle ne l'avait pas déjà aperçu aux réceptions du palais.

« Ta mère était fiancée au marquis de Torre Nueva, avait dit la vieille duchesse. Mais le jour où elle rencontra ton père, elle déclara qu'elle préférait entrer au couvent plutôt que d'épouser le marquis. »

« Quelle belle histoire! » se dit Ventura.

Elle aurait voulu demander cent autres détails, mais elle n'avait pas osé prolonger sa visite chez la vieille dame. Elle avait seulement été capable de l'avertir du danger qu'elle courrait si elle révélait son secret. Sa fille doña Alcira ne reculerait devant aucun forfait pour conserver toute sa fortune.

Vite, vite! Il fallait aller vite. Ventura se prit la tête à deux mains, elle avait tant à faire, tant à réfléchir; elle devait cesser d'être Ian Cameron et devenir Ventura, fille du comte de Kinbrace. Il lui fallait voir le marquis de Torre Nueva, le convaincre de son identité, le décider à combattre Alcira pour elle. Mais il importait avant tout de faire disparaître le page d'Hugo afin que nul, à Madrid, ne puisse établir de lien entre son départ et l'entrée en scène de la fille d'Anna-Luisa. Elle courut à la table et griffonna un mot. Elle était très pâle et ses yeux reflétaient sa douleur; chaque syllabe tracée dressait une barrière entre elle et l'homme qu'elle aimait.

Elle fut tentée de laisser les événements suivre leur cours, et de rester auprès de lord Lynke. Puisqu'elle ne pouvait pas se passer de le voir, d'entendre sa voix et de sentir le contact de sa main sur son épaule.

– Je l'aime. Comme je l'aime! murmura-t-elle.

Mais ce n'était pas ainsi qu'elle le sauverait d'une femme indigne. Et le temps pressait. Elle se leva et courut à la porte. Avant tout elle avait besoin de vêtements féminins.

Un peu plus loin, dans le couloir, un appartement analogue à celui qu'occupait lord Lynke avait été attribué à une jeune dame d'honneur de la reine. Ventura avait appris qu'elle était française et elle admirait son élégance. Elle était petite et mince, à peu près de sa taille.

Bien qu'elle fût à Madrid depuis plus de trois mois, le vestiaire de la jeune femme était si abondamment fourni qu'on ne lui avait jamais vu porter la même robe deux fois de suite. Sans doute ne s'apercevrait-elle même pas qu'il manquait une robe à sa collection. Ventura tendit l'oreille : tout était silencieux. C'était l'heure du repas des serviteurs, et tous devaient être à table. Tout doucement, Ventura alla frapper à la porte de la Française; n'obtenant pas de réponse, elle entra dans un salon identique à celui de lord Lynke. Sans perdre une seconde, elle ouvrit l'une des armoires qui occupaient toute une paroi de la pièce et parmi la masse de robes multicolores qui s'offraient à son regard, elle choisit la plus simple; une robe de satin bleu foncé brodée de petites fleurs. Ventura la mit sur son bras ainsi qu'une cape sombre; puis elle chercha et trouva des chaussures, des bas, des jupons. Elle ferma ensuite soigneusement les portes de l'armoire, et sortit aussi discrètement qu'elle était entrée.

Ce n'était pas du vol; ce n'était qu'un emprunt auquel l'obligeaient les circonstances. Elle rendrait tout à la jeune Française et, si elle le pouvait, elle la remercierait d'une manière quelconque.

Vivement, Ventura fit un ballot des vêtements; elle glissa les lettres de sa mère dans une poche de son habit, puis elle se rendit chez lord Lynke.

Elle demeura un moment sur le seuil, et alla prendre des gants qui traînaient sur la table et en guise d'adieu, les pressa contre ses lèvres avec une tendresse passionnée. Elle les tint quelques secondes contre sa joue.

A présent, il lui fallait partir. Elle tira le cordon de la sonnette pour appeler Simon.

– Je suis désolée si j'ai interrompu votre déjeuner, dit-elle, mais je viens de recevoir une mauvaise nouvelle : mon oncle est très malade, je dois partir immédiatement pour Saint-Sébastien.

– Je suis navré d'apprendre cela, dit Simon.

– Le coche quitte Madrid dans vingt minutes, reprit la jeune fille. Je pense pouvoir y trouver une place. Quand son Excellence rentrera, voulez-vous lui dire ce qui est arrivé? Je lui laissé un mot mais je n'ai pas eu le temps d'en écrire très long.

– Je comprends.

– Je n'emporte que quelques affaires, continua Ventura. Voulez-vous avoir l'obligeance de mettre dans la malle tout ce que j'ai laissé? Ainsi je retrouverai le tout à mon retour ou bien vous me le renverrez.

– Je m'en occuperai, promit le serviteur.

– Merci, dit Ventura en lui tendant la main. Adieu, Simon, et merci de tout ce que vous avez fait pour moi.

– Je suis heureux d'avoir pu vous rendre service, monsieur, répondit le brave homme en lui serrant la main avec force. J'espère que vous arriverez à temps pour votre oncle.

– Ah! j'oubliais, Son Excellence m'avait chargée de vous dire de préparer son habit bleu et son gilet d'argent; il viendra se changer dans quelques minutes.

La jeune fille sortit de la pièce; préparer les vêtements de son maître empêcherait Simon de l'accompagner à la porte. Elle descendit prestement l'escalier et entra dans un petit salon inoccupé.

En quelques instants elle retira l'habit que le tailleur de Saint-Sébastien avait confectionné pour elle avec tant de soin et elle passa la robe. Elle arrangea devant une glace ses cheveux et adroitement elle les releva selon la mode. Elle jeta ensuite la cape sur ses épaules et se recouvrit gracieusement la tête du capuchon.

Une fois prête, elle mit ses habits de page dans une armoire. Les chaussures de la Française étaient un peu grandes, mais elles n'affectaient pas la grâce de sa démarche.

Les laquais de service dans le vestibule la regardèrent s'avancer vers la grande porte.

– Je suis obligée de partir plus tôt que je ne pensais, leur dit-elle, et ma voiture n'est pas encore là. Comment pourrais-je me rendre en ville?

Les serviteurs ne demandaient qu'à l'aider.

– Il y a dans la cour des carrosses qui attendent depuis des heures, señorita. Cela fera du bien aux chevaux de prendre un peu d'exercice.

Ventura les remercia en souriant. Le valet s'en fut et revint en accompagnant un carrosse que la jeune fille reconnut : c'était celui de l'ambassadeur d'Italie. Elle demanda à être conduite chez le marquis de Torre Nueva.

Tandis qu'elle roulait dans le parc, Ventura sentit battre son cœur avec violence.

Elle se demandait ce que dirait Hugo en lisant sa lettre. Allait-elle lui manquer?

La gorge de la jeune fille se serra; il était si cruel de tant aimer un homme pour lequel on compte si peu. Peut-être même serait-il content de son départ? Peut-être dirait-il : « Bon débarras ». Etait-ce vraiment son devoir de rester auprès de lui?

Ventura essuya ses yeux humides et s'admonesta; l'heure n'était ni aux sentiments ni à la faiblesse. A quoi bon pleurer parce que l'homme qu'elle aimait était fiancé à sa tante?

Le carrosse entra dans la cour d'une immense et magnifique demeure. Ventura, qui tremblait à la perspective de ce qui l'attendait, domina sa nervosité et ce fut avec une grande dignité qu'elle descendit de voiture et dit au majordome qui la saluait :

– J'ai malheureusement oublié ma bourse. Voulez-vous dédommager le cocher de sa peine? J'arrangerai la chose avec le marquis de Torre Nueva.

Son autorité, ses manières pleines de noblesse impressionnèrent vivement le majordome. Il dit au cocher d'attendre et fit entrer la visiteuse dans la maison.

– Avez-vous un rendez-vous, señorita?

– Non, mais le marquis me recevra, déclara la jeune fille. Dites-lui que la fille de doña Anna-Luisa sollicite une audience.

L'homme répéta le message d'un air perplexe, puis il introduisit Ventura dans un salon magnifique, orné de tableaux encore plus beaux que ceux du palais.

Devant tant de luxe, Ventura songea à la vie qu'aurait pu mener sa mère dans ces lieux. La porte s'ouvrit et un homme entra; elle lui fit une révérence et tandis qu'elle se relevait, il lui prit la main et l'attira près de lui pour mieux voir son visage.

– C'est vrai! dit-il. Vous êtes bien la fille d'Anna-Luisa!

– Je lui ressemble, n'est-ce pas?

– Extraordinairement, à l'exception des yeux.

Il soupira et entraîna la jeune visiteuse vers un canapé.

– Comment va votre mère? demanda-t-il. Pourquoi n'est-elle pas venue elle-même?

– Parce qu'elle est morte, dit Ventura tristement, mais elle voulait que j'aille à vous.

Elle lut le chagrin sur le visage du marquis. Elle lui tendit la lettre qui lui était destinée.

A quelques pas de là, lord Lynke discutait âprement avec sir Benjamin. Celui-ci avait peine à croire l'histoire que lui racontait le jeune homme.

– Etes-vous vraiment certain que votre page n'a pas inventé toute cette conversation? Je trouve cette affaire étrange.

– Je sais que cela paraît bizarre, répondit Hugo, mais je crois Ian Cameron sur parole.

– Evidemment il me faut envoyer sans retard un courrier en Angleterre, reprit l'ambassadeur, mais avant cela j'aimerais parler moi-même à ce garçon. Il a peut-être voulu se faire valoir en faisant un récit sensationnel.

– Je comprends votre point de vue, mais je suis prêt à jurer sur l'honneur qu'on peut faire confiance à Ian.

– Je voudrais pourtant le voir.

– Je crains que ce ne soit difficile.

– Pourquoi?

Lord Lynke chercha des arguments contraires, mais sir Benjamin n'en fut guère satisfait. Il ne pouvait comprendre pourquoi le jeune homme refusait de le présenter à son page. Finalement, ils se séparèrent assez froidement.

Alors qu'il sortait de l'ambassade, Hugo rencontra don Fransisco de Varis qu'il avait vu plusieurs fois au palais. Celui-ci l'entraîna contre son gré à une course de taureaux qu'il regarda sans plaisir. Il aimait les chevaux, et leur rôle dans l'arène le révolta profondément. Ce fut avec joie qu'il vit s'achever la course et il reprit le chemin du palais. Il avait hâte de retrouver Ventura; peut-être aurait-elle une meilleure idée pour convaincre sir Benjamin.

Il entra dans son appartement et Simon vint aussitôt le débarrasser de son épée et de son chapeau.

– Envoyez-moi immédiatement Mr Cameron? ordonna-t-il.

– Mr Cameron est parti, milord. Son oncle est très malade à Saint-Sébastien.

– Son oncle? Que signifie cette absurdité?

Simon prit un air contrit.

– Mr Cameron a dit qu'il était très malade, milord, et qu'il lui fallait partir tout de suite. Il a laissé un mot.

Simon courut chercher la lettre et la remit à son maître.

– C'est bien, dit celui-ci. Vous pouvez aller, et veillez à ce qu'on ne me dérange pas.

Simon s'éclipsa. Lentement, lourdement, comme s'il avait subitement vieilli, lord Lynke s'assit dans un fauteuil, puis il déplia la lettre de Ventura et la lut.

11

Doña Alcira referma derrière elle la porte de sa chambre et s'arrêta à la limite de l'épuisement. Elle avait dû fournir un tel effort pour maîtriser ses émotions que ses nerfs étaient tendus à rompre.

Elle n'arrivait pas à croire qu'à cause d'un coup de poignard maladroit, tout son univers s'écroulait...

Pourquoi, pourquoi n'avait-elle pas frappé dès ce premier soir lorsqu'elle avait vu le visage d'Anna-Luisa surgir du passé comme un fantôme?

Elle avait toujours cru à la mort de sa sœur. Les émissaires envoyés à sa recherche ne l'avaient découverte nulle part en Espagne et, du reste, comment aurait-elle pu vivre sans argent et sans espoir d'en avoir jamais? Alcira elle-même n'aurait pu supporter une existence pareille et comment pouvait-elle regretter la mort de sa sœur puisqu'elle héritait de toute sa fortune?

Déjà, du vivant de son père, elle intriguait pour obtenir plus d'autorité. Elle était dure et tyrannique, souvent injuste et cruelle. Tous ceux qui avaient servi son père disaient tout bas que la mort du vieux duc était pour eux un grand malheur, mais nul n'osait se plaindre ouvertement.

A la fin de sa vie, le duc avait demandé aide et conseil à l'homme que sa fille aînée aurait dû épouser. Il finit par lui confier la direction de ses vastes domaines, mais le jour même de sa mort, Alcira déclara qu'elle n'avait besoin de personne pour gérer ses biens. Torre Nueva la connaissait assez pour savoir qu'elle était capable de le chasser; et il préféra ne plus jamais revenir au palais Cartillo.

Cependant, il savait comment étaient traités ceux qui subissaient l'autorité de la jeune femme et il déplorait de ne pouvoir rien faire pour eux. Rien... jusqu'au moment où Ventura vint le trouver avec la lettre de sa mère.

Il avait alors demandé une audience à doña Alcira. Lorsque celle-ci, vêtue de ses plus beaux atours, entra dans le salon où l'attendait le visiteur, elle crut que son cœur se pétrifiait. Il lui suffit d'entrevoir Ventura pour comprendre ce qui s'était passé.

– Voici doña Ventura, votre nièce, la fille de votre sœur aînée, déclara le marquis de Torre Nueva. Elle m'a remis des lettres qui prouvent sans conteste son identité.

Si la chose avait été totalement inattendue, Alcira n'aurait peut-être pas su se dominer, mais bien qu'elle sentît le sang se retirer de son visage, elle eut assez de ressources pour une comédie digne d'une actrice professionnelle.

Elle alla jusqu'à embrasser tendrement Ventura et à s'essuyer les yeux en apprenant la mort de son aînée.

– J'ai déjà prévenu les hommes de loi, lui annonça le marquis. Vous savez comme moi que votre père, mon plus cher ami, m'avait chargé de l'administration de ses terres et de ses biens. J'aurai donc besoin d'un rapport complet de votre gestion.

– Cela va sans dire! répliqua Alcira avec un sourire qui ressemblait à une grimace.

– Cette nuit, doña Ventura logera chez moi en invitée, mais demain j'organiserai son installation dans ce palais. Je vais maintenant la conduire à votre mère.

Doña Alcira se tourna vers Ventura avec un sourire empoisonné.

– A demain, ma chère nièce, dit-elle. Nous aurons beaucoup de choses à nous dire.

Ventura fit timidement une révérence. L'attitude de sa tante ne la trompait pas et elle voyait fort bien la haine luire dans ses yeux. Elle se demanda avec désespoir comment elle pourrait retarder le moment où elle viendrait habiter le palais. Elle n'avait pas songé un seul instant qu'elle serait obligée de vivre sous le même toit qu'Alcira et de s'exposer à nouveau au danger. La belle Espagnole ne commettrait pas deux fois la même faute. La prochaine tentative de meurtre serait une réussite.

Ventura frémit en gravissant les marches. Que se passerait-il demain lorsque le marquis ne serait plus là pour la protéger? Elle eut soudain le désir fou de se retrouver près de lord Lynke; il lui sembla sentir encore sa main sur son épaule lorsqu'il l'avait serrée doucement la nuit où elle s'était précipitée chez lui pour échapper au nain, oubliant qu'elle était à peine vêtue.

Depuis la minute où elle avait compris qu'elle

l'aimait, sa présence lui était devenue indispensable.

Il lui suffisait de penser à lui pour que son cœur se mette à battre frénétiquement.

Doña Alcira ne pouvait plus se débarrasser de l'image obsédante de Ventura. Elle comprenait soudain qu'elle avait détesté sa sœur Anna-Luisa depuis leur plus tendre enfance.

Anna-Luisa était bonne, Alcira méchante. Anna-Luisa était aimée des gouvernantes et des domestiques, c'était à elle que leur mère tendait d'abord les bras, à elle que souriait leur père. Depuis l'instant de sa naissance, il semblait à Alcira que tout ce qu'elle désirait lui avait été refusé à cause d'Anna-Luisa. Elle avait toujours été envieuse, jalouse; elle voulait tout avoir pour elle et refusait de partager ses jouets, ses amis ou ses affections.

Elle était sa cadette de plusieurs années et il y avait eu entre elles deux garçons qui n'avaient pas survécu. La duchesse aurait voulu chérir sa fille cadette autant que l'aînée, mais Alcira n'avait jamais éveillé en elle la même tendresse qu'Anna-Luisa.

Quand cette dernière s'enfuit avec l'homme qu'elle aimait, Alcira qui commençait à prendre conscience de sa beauté, fut enchantée du départ de sa sœur. Elle n'en fut que plus satisfaite quand elle devina les changements que la disparition d'Anna-Luisa allait apporter dans sa vie. Et c'est ainsi qu'elle se retrouva à la mort supposée de son aînée, unique héritière d'une immense fortune.

Elle pourrait enfin satisfaire son insatiable ambition.

Et voilà que, surgie du passé, pour ainsi dire sortie d'une tombe, l'enfant d'Anna-Luisa venait compromettre cette existence dorée!

– Elle n'aura rien! Rien!

L'engourdissement qui paralysait Alcira après le choc se dissipa. Elle sentit renaître son énergie. Elle n'allait pas se laisser faire ainsi. Elle se battrait et elle vaincrait et d'une manière ou d'une autre, elle se débarrasserait de cette fille maudite. Quelle sottise, vraiment, de s'être laissée effrayer, déprimer! Sa nièce n'était pas un obstacle bien difficile à surmonter. Il fallait maintenant donner l'illusion de l'accueillir à bras ouverts jusqu'à sa disparition.

Alcira alla prendre une clé d'or dans un tiroir et ouvrit un coffre d'acier qu'elle tenait caché derrière un panneau mobile. Le coffre était rempli d'or et de bijoux mais il contenait également un assortiment de petits flacons soigneusement emballés dans une boîte doublée de velours.

Lorsqu'elle les vit, les yeux de la belle Espagnole se mirent à briller. Ils lui avaient été donnés par un amoureux italien qui s'était rendu à la cour sur l'invitation de la reine. Cet homme puissant avait expliqué à Alcira qu'il avait étudié les méthodes de Borgia.

– Malheureusement, avait-il dit, ils n'ont pas laissé toutes les formules des poisons qu'ils employaient.

– En reste-t-il cependant quelques-unes?

Il hocha la tête.

– Quelques-unes, oui, mais les historiens eux-mêmes ne sont pas certains de l'authenticité de ces formules.

– L'intérêt n'est-il pas plutôt de savoir si elles sont efficaces?

– A cela, il n'y a aucun doute, répliqua-t-il, une lueur dans le regard.

Elle avait décidé d'obtenir sur-le-champ des renseignements plus complets. Il n'avait pas très envie de les lui fournir, mais à force de cajoleries, elle parvint à se faire montrer de vieux manuscrits qui décrivaient des expériences réalisées, avec des poisons expérimentés, sur des humains.

L'Italien lui fit finalement cadeau de plusieurs échantillons en lui faisant promettre de ne dire à personne qu'elle les avait en sa possession.

Lorsqu'elle prit les fioles une à une, Alcira entendit la voix de l'homme :

« Ceci amène une mort lente et sans trace; la victime s'affaiblit progressivement jusqu'au jour où elle s'éteint. »

L'Espagnole remit le flacon à sa place.

« Celui-là est instantané, reprit à son oreille la voix jadis familière. Une ou deux gouttes dans la nourriture ou la boisson et, en quelques secondes, tout est fini. »

Une troisième petite bouteille retint l'attention de la jeune femme. Elle la caressa doucement.

« Cette drogue-là est la plus sûre, lui avait dit l'Italien. Quand la victime l'a absorbée dans un plat, elle est prise d'une fièvre violente, ce qui n'a rien d'extraordinaire. Les médecins prescrivent des remèdes qui ne produisent aucun effet, et, le troisième jour, le cœur s'arrête. »

Alcira sourit. Elle garda le flacon, remit les autres dans le coffre et rangea la clé.

La seule difficulté était de trouver une personne absolument sûre qui serait chargée de mettre adroitement le poison dans la nourriture destinée à Ventura. Elle ne pouvait pas compter sur ses femmes. Les plus âgées avaient connu Anna-Luisa et ne feraient rien contre sa fille. Elle n'osait faire confiance aux plus jeunes; trop d'idées nouvelles couraient maintenant dans le pays.

Il lui fallait quelqu'un dont elle répondît comme d'elle-même, qui fût prêt à obéir sans poser de questions, sans répéter à quiconque l'ordre reçu. Elle pensa immédiatement à Frivolo! Il n'y avait pas de raison pour qu'il échoue une nouvelle fois. Elle avait promis à lord Lynke de s'en séparer mais il s'agissait d'un nouveau mensonge.

Dès qu'elle évoqua le souvenir de l'Anglais, son visage se décomposa. C'était lui le fautif! Sur le moment, elle l'avait oublié, mais c'était bien lui qui avait amené Ventura déguisée en garçon, lui qui, sans doute, l'avait ensuite envoyée chez le marquis en vêtements féminins pour revendiquer son nom et sa fortune.

Avec un sourire cruel, Alcira découvrit aussitôt de quelle manière elle compromettrait et humilierait le jeune homme; elle se souvint de quelle façon il l'avait traitée et décida de se venger.

Elle s'assit pour réfléchir. Ses doigts pianotèrent sur la table.

Elle ne pouvait décemment pas révéler ouvertement à la cour que lord Lynke avait amené au palais une jeune fille en la faisant passer pour son page : les dénoncer ainsi ferait croire à son dépit. Il fallait maintenant user d'adresse, de peur que les gens ne la respectent moins parce qu'elle n'était plus aussi riche et aussi puissante.

– J'agirai avec subtilité! décida-t-elle.

Elle s'arrangerait pour voir la reine seule et lui demanderait conseil en jouant sur leur affection mutuelle et sur son titre de pupille du roi.

« Je ne puis parler de cela qu'à vous, Madame, dirait-elle d'une voix douce et anxieuse, mais vous êtes si bonne et compréhensive que j'ai la certitude de pouvoir m'adresser à vous en toute confiance. C'est le danger auquel ma pauvre nièce a été exposée qui me tourmente; si jamais elle attendait un enfant, que devrais-je faire? »

Entendant cela, la reine demanderait des explications, et elle se rendrait compte de l'injure qui avait été faite à toute la cour. Elle considérerait que lord Lynke avait abusé de l'hospitalité royale et insulté les souverains espagnols.

Alcira sourit. Elle prendrait ainsi sa revanche sur lui pour commencer. Ensuite, elle s'occuperait de Ventura.

Elle prit le flacon de poison puis le reposa. Il allait lui être difficile d'attendre un jour ou deux pour s'en servir. Elle agita finalement la petite sonnette d'or pour appeler sa chambrière. La porte s'ouvrit presque aussitôt. Joanna devait attendre en s'étonnant de n'avoir pas été réclamée plus tôt.

– Qu'on m'amène Frivolo sur-le-champ, ordonna la jeune femme.

Alcira se leva et se mit à aller et venir dans la pièce. Elle n'avait pas eu le temps de revoir le nain depuis sa tentative manquée et elle décréta qu'il était le responsable de tous ses maux. Sa stupidité méritait une punition et il importait qu'il comprenne qu'un ordre venant d'elle devait être exécuté scrupuleusement. Il fallait organiser depuis le début une nouvelle tentative! Eh bien! il allait savoir ce qui lui en coûterait. Elle sortit une fine cravache de cuir du tiroir de la table et sourit férocement.

Alcira brandit la cravache qui émit en fendant l'air un sifflement qui l'emplit de plaisir. Elle aurait tant aimé battre et torturer Ventura avant de l'achever. Il était bien dommage que ce ne fût pas possible, mais peut-être sa mort peinerait-elle lord Lynke. Cela, au moins, serait une consolation.

Elle se souvint du visage détaché et dédaigneux de l'Anglais et trembla de rage. Lui aussi s'était détourné d'elle.

– Pourquoi tout cela m'arrive-t-il? gronda-t-elle.

Elle jeta un regard sur les trésors dont elle s'était entourée, les bibelots d'or, d'argent et d'ivoire, les tableaux merveilleux; elle contempla les tapis de soie sur le sol, les meubles précieux, les candélabres d'or et de cristal. Son regard s'arrêta enfin sur son coffret à bijoux et elle songea aux rubis, aux émeraudes, aux saphirs, aux diamants qui dormaient là sur leur lit de velours : ils avaient tous été payés avec l'argent des Cartillo.

Elle ne les donnerait jamais à personne! Elle

ne s'en séparerait pas! Elle les garderait, quand bien même elle devrait tuer tous ses adversaires!

Et tout ça à cause de cet homme et de cette fille!

La rage s'empara subitement de tout son corps.

A ce moment la porte s'ouvrit, et Frivolo entra. Il avait peur. Alcira s'en rendit compte aussitôt et ressentit un étrange plaisir à le voir avancer ainsi d'un pas incertain, la bouche ouverte et le regard fuyant.

– Frivolo est venu, murmura-t-il. Madame veut Frivolo?

Sa voix mal posée, tour à tour aiguë et profonde, tremblait d'effroi; il avait vu la cravache dans la main de sa maîtresse. Ses gros doigts s'ouvraient et se refermaient nerveusement.

– Viens ici! commanda Alcira.

Il s'approcha un peu, la regardant comme un animal regarde celui qui va le frapper, mais incapable de s'enfuir.

– Pourquoi n'as-tu pas tué quand je t'avais dit de tuer? demanda l'Espagnole.

– Frivolo n'a pas trouvé le page, répondit le nain. Frivolo a frappé mais il n'y avait personne dans le lit.

– Tu l'as laissé filer, imbécile!

Elle leva le bras et la cravache s'abattit en plein sur le visage du malheureux qui poussa un cri de douleur et se cacha la figure dans les mains.

– Quand je te dis de faire quelque chose, tu dois le faire, gronda Alcira. Si le page n'était pas dans le lit, il fallait le trouver là où il était.

– Sur... le balcon. Il a sauté avant que je l'attrape.

Ainsi la chose était exacte, Ventura avait sauté d'un balcon sur l'autre. Elle était adroite et téméraire.

« Plus courageuse que je ne pensais! songea l'Espagnole. Il me faut être prudente. »

Elle oublia un instant Frivolo puis elle surprit une lueur d'espoir dans son regard et se mit à le frapper une seconde fois.

– Tu m'as désobéi! dit-elle, et tu vas recevoir une correction que tu n'oublieras pas de sitôt.

Elle leva la cravache et le frappa sans relâche. Il éclata en sanglots et tomba à ses pieds en gémissant : mais elle continua; la cravache cinglait l'air et les coups pleuvaient sur le corps difforme en y imprimant des marques rouges.

– Arrêtez, madame, arrêtez! suppliait la voix pitoyable.

Mais Alcira entendait à peine. Une colère frénétique lui montait à la tête, sa haine contre tout ce qui entravait sa volonté se déchaînait. Elle se vengeait des forces invisibles qui semblaient vouloir l'anéantir, elle combattait Anna-Luisa, le marquis, lord Lynke autant que Ventura. Il fallait qu'ils expient...

Un moment plus tard, les cris du nain devinrent de plus en plus faibles. Elle l'abandonna au bord de l'inconscience, le corps meurtri et sanglant sur le sol. Le cuir avait atteint le coin d'un œil et le sang coulait à flot, les lèvres commençaient à enfler et le lobe d'une oreille était déchiré.

Alcira se laissa tomber sur un canapé. L'énergie déployée pour cravacher le malheureux nain l'avait exténuée, mais, malgré cela, elle n'en avait pas terminé avec lui; sa fureur était insatiable.

Elle se retourna pour ne pas avoir à le regarder et lorsqu'elle l'entendit remuer encore, elle eut l'envie soudaine de le torturer plus subtilement.

– Tu ne peux plus me servir à rien, dit-elle durement. Demain, je te renverrai à ton cirque.

Elle l'entendit pousser une exclamation d'épouvante.

– Non, madame, non! Frivolo fera comme tu veux! Frivolo tuera qui tu veux! Frivolo tuera tout le monde! Mais pas le cirque.

– Tu n'es bon à rien, rétorqua-t-elle avec mépris. Tu n'es pas capable de tuer. Tu ne sais pas tuer quand je le veux. Le page s'est sauvé.

– Frivolo va le tuer! le tuer! cria le nain.

– C'est trop tard; il n'est plus là. Il est parti.

– Frivolo le trouvera.

– Non, tu ne le trouveras pas. Tu vas retourner au cirque. Ton ancien maître y est peut-être encore.

– Non! hurla le nain terrifié. Le cirque est méchant! Le maître tue Frivolo! Frivolo mourir!

Alcira haussa les épaules.

– Que veux-tu que cela me fasse? Tu es trop bête pour exécuter mes ordres.

– Frivolo sera sage. Frivolo obéira. Frivolo tuera, tout de suite!

Elle entendit le nain ramper vers elle en sanglotant de désespoir et elle jubila en voyant qu'elle pouvait infliger tant de souffrance à une créature.

– Laisse-moi tranquille, dit-elle brutalement.

Le silence régna quelque temps puis, s'abandonnant à la cruauté de sa maîtresse, Frivolo murmura :

– Frivolo aime mieux mourir!

– Qu'importe, dit-elle, puisque tu ne peux pas tuer.

– Frivolo peut tuer.

– J'en doute! ricana l'Espagnole. Et de toute façon, il est trop tard!

De nouveau, ce fut le silence brisé par le souffle rauque du nain presque agonisant. Puis Alcira l'entendit se relever péniblement.

– Frivolo sait tuer! dit-il. Pas le cirque pour Frivolo.

Alcira se retourna instinctivement et vit le poignard qu'il tenait à bout de bras au-dessus de sa tête. Elle poussa un hurlement, mais déjà elle savait qu'il était trop tard; la lame avait pris son élan et descendait comme l'éclair vers sa poitrine.

Une douleur fulgurante la traversa. Elle distingua encore le regard du nain et comprit qu'elle avait été trop loin; elle l'avait rendu fou, complètement fou. Et elle n'y pouvait plus rien.

L'ombre de la mort se referma lentement sur elle.

12

Hugo n'arrivait pas à dormir. A mesure que passaient les heures, il s'agitait de plus en plus et, finalement, n'y tenant plus, il se leva et se mit à marcher de long en large dans sa chambre. Pour la première fois de sa vie, sa frustration était telle qu'elle ne laissait même plus de place à la colère. Il était désespéré.

Comment trouver Ventura? Il essaya d'envisager toutes les éventualités possibles; il la cherchait partout, appelait le roi à son secours, partait pour Saint-Sébastien tout en la maudissant de temps à autre : pourquoi sa lettre était-elle si peu explicite?

« Il faut que je parte, avait-elle écrit seulement. Cela vaut mieux pour vous comme pour moi. »

Jamais auparavant il n'avait vu son écriture, et les lettres fines et allongées lui rappelèrent la forme de son visage et de ses yeux. Combien de fois avait-il vu ces yeux si bleus s'assombrir et s'embrumer parce qu'il parlait trop brutalement?

Combien de fois avait-il surpris le regard plein de dévouement qui flattait sa vanité ce qui, somme toute, lui paraissait tout naturel! Quel fou il avait été, quel imbécile, quel idiot de croire qu'une affection loyale lui était due!

Il se souvint de leurs aventures communes, de leurs conversations et, soudain, il se rendit compte de la confiance totale qu'il avait en la jeune fille et de ce que représentait pour lui sa compagnie et son amitié. Elle avait cette délicatesse rare qui lui enseignait l'art d'écouter, de se trouver toujours là quand on avait besoin d'elle, de s'effacer discrètement quand elle ne pouvait servir à rien.

Et elle était si fragile, si faible.

Tout à coup, il se rappela le nain et il jura qu'il tuerait quiconque ferait du mal à Ventura.

A bout de nerfs, il arpenta la pièce jusqu'au moment où un rayon pâle se glissa entre les rideaux; le jour se levait. Il ouvrit sa fenêtre toute grande et demanda au monde endormi où se trouvait son page. Etait-elle en danger? Avait-elle été attirée dans une nouvelle et dangereuse aventure dont, cette fois, peut-être, elle ne sortirait pas indemne?

– Il faut que je la retrouve! il faut que je la retrouve, se répétait-il.

Si elle avait parlé à Simon de Saint-Sébastien, cela voulait dire de toute évidence, qu'elle ne s'y trouvait pas.

Mais alors, où était-elle? Avait-elle eu peur de doña Alcira? C'était sans doute cela. A la pensée de l'Espagnole, il fut pris d'une telle fureur que ses mains se crispèrent comme pour serrer un cou tiède et rond.

– Si elle touche à Ventura, je la tuerai! gronda-t-il.

Simon lui apporta son déjeuner, mais il lui fut impossible d'avaler une seule bouchée. Il ne prit que quelques gorgées de vin pour apaiser sa soif. Simon le regarda avec inquiétude sans oser intervenir. Il connaissait trop bien la sombre physionomie de son maître et savait qu'un mot de trop pouvait déchaîner sa fureur. Sagement, il décida de se taire.

Lord Lynke allait se lever de table lorsqu'on frappa à la porte. Simon alla ouvrir et reçut de la main d'un laquais en superbe livrée une lettre qu'il porta à son maître.

Hugo l'ouvrit avec indifférence; ce devait être encore une invitation à dîner au palais, ou à l'une de ces représentations théâtrales que prisaient si fort le roi et la reine. Il ne s'agissait pas de cela, et en déchiffrant la signature : Torre Nueva, Hugo sentit sa curiosité s'éveiller. Il relut les quelques lignes du message avec plus d'attention, puis répondit lui-même au laquais qui attendait :

– Dites à votre maître que je serai heureux de le voir dans une heure.

L'homme salua et Simon referma la porte.

– Mes habits, tout de suite, commanda Hugo.

Il regagna sa chambre et s'habilla rapidement. Il était si absorbé dans ses pensées qu'il vit à peine les vêtements que le serviteur lui tendait. Que lui voulait le marquis?

Le ton de cette lettre laissait supposer qu'il s'agissait d'une affaire urgente. Ventura pouvait-elle être cause de cet appel énigmatique? Hugo écarta cette idée en soupirant. Il était plus vraisemblable que l'affaire eût trait à la politique.

Ceci lui rappela sir Benjamin et il jura entre ses dents; son anxiété lui avait fait oublier l'ambassadeur et son scepticisme quant aux propos surpris par le page. « Voilà un bel exemple de l'étroitesse d'esprit anglais » se dit-il. Le diplomate réclamait des informations et, quand il les recevait, il ne les croyait pas. Le jeune homme se regarda dans la glace. Des lignes de fatigue trahissaient sa nuit sans sommeil et son visage était inhabituellement grave.

– Mon carrosse est-il avancé? demanda-t-il à Simon.

– Il doit déjà se trouver à la porte, monseigneur.

Hugo fixa son épée et prit son chapeau.

– Je ne sais quand je rentrerai, dit-il. Si quelqu'un me demande, dites que je ne puis accepter aucune invitation pour ce soir.

– Très bien, monseigneur.

Hugo espérait qu'après son entrevue le marquis pourrait partir à la recherche de Ventura. Où et comment, il n'en avait aucune idée, mais il savait une chose : d'une manière ou d'une autre, par des moyens licites ou illicites, il lui fallait retrouver la jeune fille.

La voiture traversa le parc et gagna les rues étroites de Madrid. Le marquis de Torre Nueva habitait un bâtiment imposant gardé par des sentinelles en uniforme rouge et bleu. Lord Lynke était apparemment attendu, car il fut immédiatement accueilli par un officier, salué cérémonieusement et conduit à travers de longs couloirs jusqu'aux appartements privés.

Il trouva son hôte dans un petit salon agréable qui donnait sur les jardins. Les portes-fenêtres étaient grandes ouvertes sur un parterre de fleurs printanières. Le marquis se leva à l'annonce du visiteur.

– Il est fort aimable à vous d'être venu aussi vite, monseigneur, dit-il dans un anglais excellent.

– D'après le mot de Votre Excellence, j'avais compris que l'affaire était pressante.

– L'affaire, en effet, est urgente. J'ai malheureusement une triste nouvelle à vous annoncer. Un pénible devoir m'oblige à vous faire connaître la mort de doña Alcira.

– Doña Alcira... est morte? s'exclama Hugo, stupéfait. Je m'attendais à tout, sauf à cela! Comment...?

– Elle a été poignardée cette nuit par le nain. Les serviteurs m'ont immédiatement averti.

– C'est incroyable, murmura le jeune homme. Voyez-vous une raison pour que le nain ait commis ce crime?

Le marquis secoua la tête.

– Nous ne saurons jamais rien, déclara-t-il. Le pauvre monstre, on ne peut guère lui donner un autre nom, s'est jeté du toit du palais. Ceux qui l'ont vu ont dit qu'il semblait avoir perdu la raison. Le crime lui a peut-être dérangé l'esprit... ou la folie le lui a fait commettre.

– Je vous remercie, Votre Excellence, de m'avoir prévenu, répondit Hugo avec embarras.

– J'avais été chargé par feu le duc de Cartillo de m'occuper de ses affaires, expliqua Torre Nueva. C'est pour cela que je me trouve mêlé à ces événements. Maintenant, j'ai autre chose à vous dire.

Le jeune homme leva les sourcils.

– Pas un autre meurtre, j'espère?

Il avait peine à croire qu'Alcira fût réellement morte, et, pourtant, dans un certain sens, ce tragique événement le libérait d'un problème épineux. Il se sentait incapable, et pour quelque raison que ce soit, même si une telle union pouvait être avantageuse pour son pays ou pour lui-même, d'épouser une femme comme celle-là.

– Non, non, ce n'est pas un crime, dit le marquis. Voulez-vous vous asseoir?

Hugo s'installa confortablement. Sans doute

aurait-il dû manifester un chagrin décent à l'annonce de la mort de la fiancée qui lui était destinée, mais il lui était totalement impossible de feindre des sentiments qu'il n'éprouvait pas. Ceci étant, il garda le silence et attendit que son hôte reprenne la parole. L'Espagnol semblait chercher ses mots.

– Vous êtes venu ici, monseigneur, dit-il enfin, dans le dessein de gagner le cœur de doña Alcira, parce que notre reine et votre gouvernement souhaitaient rapprocher nos deux pays. Doña Alcira avait été choisie par Sa Majesté comme l'une des femmes les plus riches d'Espagne; elle avait hérité, ainsi que vous le savez, des vastes domaines et de l'immense fortune de son père, le duc de Cartillo.

– Oui, dit le jeune homme avec un rien de sécheresse.

Cette entrée en matière l'embarrassait quelque peu.

– En réalité, reprit l'Espagnol, doña Alcira venait d'apprendre, juste avant sa mort, qu'elle n'était pas l'héritière pour laquelle nous la prenions tous.

Hugo leva les yeux.

– Les Cartillo auraient-ils fait banqueroute? demanda-t-il.

– Non, rien de semblable, les domaines sont intacts ainsi que la fortune, mais doña Alcira n'aurait dû en recevoir que la moitié pour la simple raison que l'enfant de sa sœur aînée, doña Anna-Luisa, est en vie.

– Cela a dû être un choc terrible pour elle, remarqua Hugo.

– Un coup extrêmement pénible, certes. Ce que j'essaye de vous faire comprendre, milord, c'est que même si doña Alcira n'est plus, les projets de la reine peuvent rester ce qu'ils étaient : la véritable héritière des Cartillo est en âge de se marier et, elle aussi, est une charmante et fort jolie personne. Il me semble que vous pourriez tout simplement reporter vos sentiments sur elle.

Lord Lynke se leva et se dirigea vers la fenêtre. Pendant un moment, il regarda, dos tourné, le jardin plein de soleil.

– Je regrette, dit-il enfin. C'est impossible.

Le marquis eut l'air étonné.

– Voulez-vous dire que... vos sentiments demeurent, malgré tout, fidèles à doña Alcira? commença-t-il.

– Ces sentiments existent effectivement, déclara le jeune homme, mais pas envers doña Alcira, morte ou vivante, mais je pense que ceci n'est pour Votre Excellence d'aucun intérêt. Ma réponse à votre proposition est non. J'ai été envoyé ici dans un dessein précis, je ne suis pas responsable de la disparition de la femme que je devais épouser. Pour être tout à fait franc, je n'avais aucune envie de m'unir à elle et si elle avait vécu je ne crois pas que j'aurais consenti à ce mariage. Quoi qu'il en soit, je me considère à présent comme dégagé de toute obligation et libre d'épouser qui je veux.

– Je respecte vos désirs, monseigneur.

Il était visible que l'entretien était terminé. Hugo se leva et salua, mais, à cet instant, la porte s'ouvrit et une voix s'éleva :

– Votre Excellence est-elle seule? Peut-elle m'accorder quelques minutes?

Le visiteur demeura pétrifié.

Une jeune fille se tenait sur le seuil de la porte. Elle était vêtue d'une robe de satin ivoire, retenue par de petits nœuds de velours cerise et ne portait pour tout bijou qu'un admirable rang de perles. Ses cheveux relevés au-dessus de sa tête retombaient, selon la mode, en boucles souples, de part et d'autre de son visage mince aux grands yeux très bleus.

Ventura faisait face à lord Lynke. Immobile, elle respirait à peine. Le marquis rompit enfin le silence qui s'éternisait.

– Je ne suis pas seul, Ventura, dit-il, mais ce n'est pas une raison pour que je ne vous reçoive pas. Je désirais justement vous présenter lord Lynke, récemment arrivé d'Angleterre. Puis-je, monseigneur, vous présenter doña Ventura, la petite-fille de mon très cher ami, feu le duc de Cartillo?

Comme s'il était tiré par une ficelle, Hugo parvint à saluer. Ventura fit une impeccable révérence.

– Lord Lynke se disposait à partir, reprit l'Espagnol, mais vous pourriez peut-être le décider à rester encore un peu et à prendre quelque rafraîchissement?

Son regard alla de l'un à l'autre et ses lèvres s'entrouvrirent sur un très léger sourire.

– Peut-être un tour de jardin serait-il davantage du goût de notre distingué visiteur?

– Oui, le jardin... murmura Ventura d'une voix étranglée. Lui feriez-vous l'honneur d'une visite, monseigneur?

– Oui, certainement... j'en serais enchanté..., bafouilla le jeune homme.

Ventura franchit la porte-fenêtre et Hugo la suivit d'une démarche d'automate. Le marquis les regarda sortir, puis il revint s'asseoir à son bureau en souriant.

Hugo et Ventura marchèrent jusqu'à ce qu'ils soient hors de vue de la maison. A ce moment Hugo se tourna vers la jeune fille et lui dit avec fureur :

– Comment as-tu pu me quitter ainsi? gronda-t-il, ne songeant même pas à lui parler avec plus de courtoisie qu'à son page. N'as-tu pas pensé que j'allais être fou d'inquiétude? Que je mourais de peur à l'idée que tu étais peut-être en danger?

– Il valait mieux que j'agisse ainsi, répondit Ventura à voix basse. Je tremblais que vous ne vous trahissiez d'une manière ou d'une autre, et que la métamorphose de votre page ne vous cause un irréparable tort... de terribles ennuis.

– Au diable le tort et les ennuis! s'exclama le jeune homme. J'ai cru devenir fou d'anxiété!

– Fou d'anxiété? Vraiment?

– Evidemment, petite imbécile!

Brusquement, Hugo se rendit compte de la rudesse de son langage et il s'interrompit.

– Je suppose que je ne peux plus te parler ainsi maintenant. Tu es une dame... et d'après ce que m'a dit le marquis, une dame d'une importance considérable! Il m'a même conseillé de t'épouser puisque doña Alcira est morte. J'ai refusé.

– Vous avez refusé?

– Oui, j'ai refusé. Pour qui me prend-on? demanda Hugo avec colère. Pour un pantin qu'on fait passer sur ordre des bras d'une femme à ceux d'une autre? Du reste, j'avais déjà décidé que je n'épouserais pas doña Alcira.

– Vous aviez décidé cela? demanda Ventura avec une joie soudaine.

Ils étaient arrivés au bord d'une petite pièce d'eau entourée de massifs fleuris où nageaient des poissons rouges. Il y avait là un banc où deux personnes pouvaient s'asseoir pour admirer le jet d'eau qui s'élevait et retombait au centre du bassin. Comme si les deux promeneurs s'étaient concertés, ils s'assirent ensemble.

– Ainsi, vous n'auriez pas épousé doña Alcira, murmura la jeune fille.

– Etait-il vraisemblable que j'en aie envie après qu'elle ait tenté de te... de vous faire assassiner?

– Evidemment. Mais... je crois que vous auriez eu du mal à lui échapper, dit Ventura avec sa logique coutumière.

– C'est vrai, admit Hugo. Je pense que c'est une chance pour nous deux qu'elle ne soit plus en vie. Pour être franc, je ne peux pas dire que sa mort me chagrine.

– Moi non plus, avoua la jeune fille en frissonnant. Mais elle a vraiment eu une fin horrible.

Hugo baissa les yeux.

– Exactement celle qu'elle te... qu'elle vous destinait, dit-il. Comment avez-vous découvert le nom de votre mère?

– Il y avait un portrait d'elle dans la chambre secrète et je l'ai reconnue aussitôt.

– Pourquoi ne m'en as-tu rien dit?

– J'avais vu le portrait et, ensuite, par hasard, alors que je vous cherchais, j'ai découvert ma grand-mère en haut, mais je n'avais aucune preuve de mon identité. C'est seulement en revenant au palais que j'ai trouvé les lettres dont ma mère m'avait parlé : l'une était adressée au marquis de Torre Nueva.

– Pourquoi ne m'as-tu pas attendu pour me les montrer? demanda Hugo impatiemment.

– J'ai eu peur de vous offenser. Je devenais tout à coup une personne importante. J'ai pensé qu'il valait mieux disparaître en qualité de page.

Hugo haussa les épaules. Elle insista :

– Imaginez ce qu'on aurait dit. On vous aurait accusé d'avoir abusé de l'héritière des Cartillo pour parvenir plus sûrement à vos fins.

– Je n'ai pas pensé à cela.

– Moi si, répondit simplement Ventura.

– Tout cela est incroyable! s'exclama soudain lord Lynke. Penser que toi, ce petit Ian qui est demeuré près de moi tout ce temps, est une grande dame!

– Je n'arrive pas encore à le croire moi-même, soupira la jeune fille. Le marquis m'a gardée ici depuis hier, il m'a donné des vêtements et ces perles; je dois être présentée cet après-midi au roi et à la reine, mais maintenant, je crois qu'il vaudra mieux attendre les funérailles de doña Alcira.

– Et, ensuite, je suppose que tu... que vous irez vivre dans le palais Cartillo? N'allez-vous pas vous y trouver bien seule?

– Ma grand-mère y vit.

Hugo se pencha vers elle.

– Ventura, dit-il, hier soir, j'ai découvert quelque chose.

– Quoi donc?

– J'ai découvert ce que vous représentez pour moi... Ce qu'être privé de vous pouvait être pour moi.

Le visage délicat de Ventura s'illumina. Elle demanda, les yeux brillants :

– Vous ai-je véritablement manqué?

– Plus que je ne l'aurais cru. J'étais désespéré, je ne savais que faire. Je redoutais pour vous toutes sortes de dangers et je me sentais impuissant à vous protéger.

– Et moi, je pensais que vous dormiez peut-être paisiblement, bien content d'être débarrassé d'un page qui pouvait vous causer tant de désagréments, observa la jeune fille avec ingénuité.

Hugo lui prit la main.

– Je n'avais jamais encore éprouvé cela pour une femme, dit-il, sans chercher à masquer sa sincérité. Jamais je n'ai désiré à ce point protéger un être, veiller sur lui avec attention et me sentir responsable de lui.

Ventura poussa un petit soupir.

– Je suis contente! dit-elle, si contente que vous ressentiez cela... parce que c'est ce que j'ai ressenti aussi. J'avais tellement peur de... vous ennuyer.

– Pas le moins du monde, Ventura, je n'espérais pas vous demander cela aujourd'hui, mais... acceptez-vous d'être ma femme?

Avec stupeur, Hugo vit la joie s'effacer du

visage de la jeune fille. Elle posa sur lui un regard effaré, puis détourna la tête.

– Oh! non! murmura-t-elle. Ne dites pas cela!

– Dire quoi? demanda-t-il, ébahi.

– Ne me demandez pas de... vous épouser.

– Mais pourquoi? N'est-ce pas la seule chose à faire puisque nous nous aimons?

– Non! non! s'écria-t-elle. Vous ne pouvez pas comprendre. Vous me demandez cela parce que j'ai pris la place de doña Alcira, parce que...

Elle s'était levée, prête à fuir, mais Hugo la retint par les épaules et la força à lui faire face.

– Assez! dit-il, avec son autorité habituelle. Je ne te demande pas de m'épouser parce que tu es riche et considérée, mais parce que je t'aime, parce que tu m'as beaucoup manqué. Je viens de le découvrir, c'est pour moi une chose toute nouvelle et je pense que je ne m'exprime pas comme je le devrais, mais je t'aime, Ventura! De cela, je suis certain : je t'aime...

– Si vous saviez ce que c'est pour moi de vous entendre dire ces deux mots... Mais... je ne peux pas vous épouser.

– Pourquoi?

– Il y a des raisons à cela... des raisons graves. Et... je ne peux pas les révéler.

– Des secrets! encore des secrets! s'exclama Hugo. Vous autres, Espagnols, ne pouvez-vous penser à autre chose qu'à de mystérieuses intrigues?

Exaspéré, il la secoua, puis l'orgueil lui fit lâcher prise.

– C'est bon, dit-il froidement. Si vous ne voulez

pas de moi, je ne vous ferai pas céder par la force.

Furieux, il tourna les talons et s'éloigna. Ventura tendit la main vers lui, entrouvrit les lèvres pour l'appeler, puis y renonça. Elle le regarda silencieusement suivre à grands pas l'allée par laquelle ils étaient venus.

Lorsqu'il eut disparu au détour de l'allée, la jeune fille retomba sur le banc et se mit à pleurer. Les larmes roulaient sur ses joues et coulaient entre ses doigts.

Lord Lynke traversa la maison sans se retourner et se fit immédiatement conduire à l'ambassade d'Angleterre où Sir Benjamain, aux prises avec une masse de papiers, eut l'air visiblement peu enchanté de le voir.

– J'ai beaucoup à faire, ce matin, monseigneur, dit-il assez fraîchement. Vous me pardonnerez si je vous prie d'être aussi bref que possible.

– Je serai bref, c'est entendu, répondit le jeune homme. Je repars immédiatement pour l'Angleterre.

Sir Benjamin leva les sourcils.

– J'ai appris la mort de doña Alcira, dit-il. Il serait convenable, me semble-t-il, que vous assistiez à ses funérailles.

– Mes obligations sont plus importantes.

– J'ai également appris, reprit le diplomate, que la fille de doña Anna-Luisa est jolie et charmante, et j'avais pensé que peut-être...

– Inutile de perdre votre temps et le mien en me confiant cela, déclara Hugo d'un ton sec.

Comme je vous l'ai dit, je repars pour l'Angleterre.

– Et votre oncle?

– Mon oncle peut aller au diable! s'exclama le jeune homme. Il m'a envoyé ici pour épouser une dame, elle est morte. Qu'y puis-je? Je considère également de mon devoir de l'informer de ce qui s'est dit dans le palais de doña Alcira. Puisque vous refusez d'admettre que les Espagnols sont prêts à attaquer Gibraltar, il consentira peut-être à le croire.

– Ne vous pressez pas tant! intervint sir Benjamin, conciliant. Je n'ai jamais dit que je refusais de croire votre histoire, j'ai seulement réclamé une confirmation. Vous n'avez pas voulu m'amener le garçon qui avait surpris cette conversation. Et, à propos, où est-il?

– Il a été obligé de quitter Madrid précipitamment, dit Hugo avec un peu de gêne.

– C'est bien regrettable.

– En effet. Plus que jamais vous êtes obligé de me croire sur parole.

– Eh bien! déclara sir Benjamin avec bonhomie, c'est fait. Mais j'ai malgré tout cherché d'autres renseignements et j'attends justement le rapport d'un de nos agents qui s'est infiltré chez le duc de Montemar en se faisant passer pour domestique. Il devrait arriver d'une minute à l'autre.

– C'est fort intéressant, mais cela ne me concerne plus, remarqua Hugo. Je pars pour Londres, j'informerai mon oncle de ce qui se trame et il recevra votre rapport par la suite.

– Il me semble que vous vous conduisez avec

beaucoup de désinvolture, monseigneur, observa sir Benjamin.

– J'estime que l'heure de faire de jolies phrases est passée, répondit le jeune homme. Si l'Angleterre doit agir, il faut qu'elle agisse tout de suite, faute de quoi elle se trouvera en face de la flotte espagnole en Méditerranée.

L'ambassadeur tapota son bureau du bout des doigts.

– Je regrette que vous n'ayez pas amené votre page, dit-il. Je ne puis comprendre pourquoi vous vous y êtes refusé.

– Ainsi que je vous l'ai dit, il a quitté Madrid. Mais je vous affirme que ce qu'il m'a répété est rigoureusement exact.

– Vous permettez? demanda l'ambassadeur en se levant, je dois aller m'assurer de l'arrivée de notre agent. J'attends ses nouvelles avec impatience.

– Pressez-le, recommanda Hugo. J'ai hâte de partir.

Une fois seul, il se versa du vin, mais il reposa aussitôt son verre d'un geste irrité. Pourquoi Ventura se conduisait-elle d'une manière si étrange? Pourtant, son indignation céda peu à peu la place au découragement. Elle refusait d'être sa femme et pourtant elle l'aimait, il en était presque sûr; cet éclair dans ses yeux, ce frémissement de ses lèvres ne pouvaient laisser de doute.

Etait-il responsable de ce refus? Il s'aperçut soudain que pour la première fois de sa vie il avait été gauche et maladroit en parlant d'amour à une femme. Cela venait peut-être de ce qu'il était profondément sincère. Elle tenait une telle place dans son cœur et dans son esprit qu'il n'avait pas pu employer pour elle le langage fleuri et les termes suggestifs dont il s'était servi jusqu'ici pour séduire les autres femmes. Il l'aimait... C'était là un sentiment qui allait bien plus loin que les mots, quelque chose de si grand qu'il était incapable de l'exprimer.

« J'aurais dû l'embrasser! songea-t-il soudain. Elle aurait compris à quel point je l'aime! »

Cette pensée lui fit battre le cœur. Il se souvint de l'étreinte de Ventura lorsqu'elle était venue se réfugier près de lui, il se souvint de la douceur de son corps fragile blotti contre lui, du parfum qui s'exhalait de ses cheveux, du frémissement de ses mains cramponnées aux siennes.

– Imbécile! pourquoi diable partirais-je? se demanda-t-il tout haut.

Il fallait qu'il la revoie, qu'il lui dise encore qu'il l'aimait, riche ou pauvre, considérée ou inconnue.

Elle l'avait repoussé parce qu'elle croyait qu'il voulait bénéficier de son argent et de sa position; elle s'imaginait qu'il avait simplement remplacé une héritière des Cartillo par une autre.

Il fallait qu'elle comprenne que tout cela était faux!

« Je la convaincrai », se promit-il.

Rien d'autre n'avait d'importance. Jadis il s'était cru amoureux, mais cette fois, c'était différent. C'était une joie exaltante mêlée de souffrance, une angoisse doublée de crainte. Parviendrait-il à conquérir Ventura?

Il se mit à arpenter la pièce comme il avait arpenté sa chambre pendant la nuit.

« Elle m'aime, je suis sûr qu'elle m'aime! » se répétait-il pour se rassurer.

Mais la peur l'envahit soudain. Ne l'avait-elle pas quitté sans hésitation? Elle avait disparu sans songer à le rassurer, sans lui faire part de ses intentions. Dans ces conditions, pouvait-il vraiment croire à son amour?

Il était si nerveux qu'il ne pouvait pas tenir en place. Il ne pensait qu'à l'adorable petit visage et aux yeux bleus de Ventura.

Il comprit brusquement qu'il l'avait toujours aimée. Sa tendresse s'était éveillée dès le premier instant.

Quelle chose étrange que la vie! Il avait suffi d'une rencontre dans une ruelle inconnue pour qu'il trouva la femme à laquelle il voulait consacrer sa vie, la femme pour laquelle il était prêt à tout donner, jusqu'à sa part de paradis.

– Je l'aime! Je l'aime comme je n'ai jamais aimé.

Il répétait tout haut les paroles magiques en marchant à grands pas dans la pièce en dominant avec peine son impatience, lorsque sir Benjamin, l'air grave, entra dans la pièce.

– J'ai des nouvelles, dit-il.

– Eh bien? Avais-je raison?

– Je le crois. Notre agent qui se trouve chez Montemar a entendu peu de chose, mais assez pour confirmer votre rapport. Et il y a pire. Notre dernier messager a soi-disant été tué par des bandits juste avant de passer la frontière. Et plus grave encore, nous soupçonnons son prédécesseur d'être sur le point de collaborer avec les Espagnols.

– Voilà qui est sérieux, remarqua Hugo.

– En effet. Je ne suppose pas un seul instant que le Premier ministre soit à l'origine de cette affaire, mais le duc ne reculera devant rien pour obtenir ce qu'il veut. Ce sont sûrement ses sbires qui interceptent mes rapports. Et maintenant, je me demande ce que je peux faire.

– Il y a cinq minutes, j'aurais pu vous donner la solution du problème, dit le jeune homme. Je vous disais que je voulais rentrer en Angleterre. J'aurais emporté vos messages. Mais j'ai changé d'idée.

– Vous restez ici?

– Vous avouerai-je que, finalement, je vais revoir doña Ventura?

– Doña Ventura?... répéta sir Benjamin. Ah oui! La jeune femme qui hérite de la fortune des Cartillo? Je n'étais pas sûr de son nom. Avez-vous l'intention de l'épouser?

Hugo acquiesça.

– Oui, je voudrais qu'elle soit ma femme.

L'ambassadeur ne parut pas étonné.

– Et si je vous demandais autre chose? dit-il avec anxiété. Il est urgent que Londres soit averti de ce qui se passe ici; je n'ose pas prendre le risque de leur communiquer vos précieux renseignements par écrit. Il faut que vous vous rendiez là-bas en personne, il faut que vous exposiez la situation telle que vous la connaissez à lord Liverpool. S'il estime que vous avez déserté votre poste ou désobéi à ses ordres, j'en prends la responsabilité.

– Je vous ai dit que je veux rester ici! protesta Hugo.

Sir Benjamin le regarda dans les yeux.

– Le choix, monseigneur, ne dépend pas de vos désirs ni des miens, mais de la souveraineté de notre pays.

Le jeune homme soutint un moment le regard de son interlocuteur puis il se reprit.

– Je partirai ce soir, dit-il.

L'ambassadeur lui tendit la main.

– Merci, monseigneur. Je vous donnerai le maximum d'informations dès ce soir.

Hugo se dirigea vers la porte.

Il avait encore quelques heures devant lui. Il sortit de l'ambassade, remonta dans sa voiture, et donna l'ordre de retourner à la chancellerie. Il sauta sur le sol avant même que les laquais ouvrent la portière et il gagna en courant la grande porte.

– Je désire parler immédiatement à doña Ventura, dit-il au majordome.

L'homme parut étonné de tant de hâte, mais il conduisit le visiteur aux appartements privés.

– Si Son Excellence veut bien attendre ici, dit-il en ouvrant la porte du salon, je vais demander si doña Ventura consent à vous recevoir.

Hugo entra dans la pièce qu'il crut d'abord vide, puis soudain, avec un coup au cœur, il vit qu'il n'y était pas seul.

Ventura se trouvait à l'autre extrémité, les bras passés autour du cou d'un jeune homme qui la serrait contre lui et parlait tout bas à son oreille.

Hugo demeura figé sur place. Il avait l'impression d'être soudain plongé dans les ténèbres, au milieu d'un univers inconnu, et de sombrer dans un puits sans fond. Jamais, jusqu'à cet instant, il n'aurait pu imaginer qu'il pouvait souffrir à ce point.

Il comprit en un instant, que la seule chose qui eût jamais compté dans sa vie était son amour pour Ventura. Il découvrait l'angoisse, la solitude sans espoir qu'éprouve un homme quand il lui faut admettre que la femme qu'il aime ne veut pas de lui.

Jamais, dans son passé, il n'avait éprouvé la douleur de voir le visage aimé levé vers celui d'un autre, les bras frêles enlacer un autre corps. La joie et la ferveur dont témoignait son expression était pour lui la pire des tortures.

Cette scène lui était devenue insoutenable. Il se dirigea vers la porte prêt à fuir, mais dès qu'il effleura la poignée, la voix de la jeune fille l'arrêta :

– Monseigneur... Oh! monseigneur, je ne vous avais pas vu!

Et tandis que, le cœur déchiré, il la regardait s'avancer vers lui, il s'extasia devant la perfection et la beauté de celle qu'il aimait. Elle traversa le salon en courant.

– Je suis... contente que vous soyez... venu, dit-elle, un peu essoufflée. Je... j'allais vous écrire dans quelques instants.

Hugo garda le silence. Dès qu'il vit le jeune homme s'approcher, il se mit à le détester d'une haine si violente qu'il eut peine à la dissimuler.

Ventura posa la main sur le bras de l'inconnu.

– Tout va bien maintenant, dit-elle. Je n'osais plus espérer, mais il est revenu!

– C'est ce que je vois, dit brièvement lord Lynke. Maintenant, si vous m'y autorisez, je vais prendre congé de vous.

Il esquissait un salut. La jeune fille l'interrompit :

– Mais vous ne comprenez donc pas! s'écria-t-elle. C'est Alastair! Je le croyais mort et il est vivant!

– Tout à fait vivant! dit le jeune homme.

Hugo le considéra plus attentivement : il avait les cheveux roux et les yeux étonnamment bleus. Etait-il possible que?...

Ventura l'observa en souriant.

– Je savais bien que vous ne compreniez pas! déclara-t-elle gaiement. Permettez-moi de vous présenter mon frère aîné, le comte de Kinbrace.

– Votre frère? dit Hugo, la voix étranglée.

– Oui. Maman et moi avions presque perdu l'espoir de le revoir, expliqua la jeune fille.

– Aurez-vous indéfiniment de nouveaux secrets? demanda Hugo en soupirant. Pourquoi ne m'avoir pas parlé de lui?

– Maman m'avait fait jurer de ne parler de lui à personne. Il ressemble tellement à notre père que cela représentait un danger pour lui; je le comprends.

– Elle a raison, dit Alastair, mais maintenant il va m'être difficile de faire valoir mes droits.

– Je ne crois pas que cela vous sera difficile, rectifia Hugo. Tous ceux qui ont connu votre père n'ont qu'à vous regarder pour le reconnaître en vous, vous êtes son exacte réplique. Et puis la parole de votre sœur suffirait à vous réhabiliter.

Il sourit. Son cœur se mit à vibrer d'une joie qu'il avait crue éteinte à jamais.

– Raconte-nous ton odyssée, demanda Ventura.

– C'est une longue histoire. Je vais tenter de vous la dire en quelques mots. En quittant Saint-Sébastien, je me croyais à bord d'un vaisseau se rendant directement en Angleterre.

– Mon père avait envoyé Alastair là-bas pour qu'il supplie le roi d'oublier les querelles d'autrefois, expliqua Ventura à lord Lynke, et lui demander la restitution du château et des terres confisquées. Je crois que mon père savait que ses jours étaient comptés.

– En effet, dit gravement le jeune homme, et c'est pour cela qu'il m'avait confié cette mission. Il m'avait révélé le nom de sa femme et l'histoire de son mariage.

– Ainsi, tu savais! Mais que s'est-il passé en Angleterre?

– D'abord, je n'y suis pas allé. Peu après le départ, le capitaine nous a annoncé qu'il avait reçu l'ordre de se rendre aux Indes. Je ne pouvais que m'incliner. J'avoue que si ce long voyage m'a permis de visiter une grande partie du monde, il a retardé de plusieurs mois mon arrivée en Angleterre.

– Et nous qui nous inquiétions de ne pas recevoir de nouvelles.

– Il m'a été impossible de communiquer avec vous; à chaque escale, j'ai cherché un navire en partance pour l'Espagne, mais en vain.

– Maman s'inquiétait, dit Ventura.

– Je le craignais; mais hélas, je ne pouvais vous donner signe de vie. Je ne pensais qu'à gagner l'Angleterre et j'ai fini par m'engager comme matelot sur un vaisseau. Cela m'a permis d'arriver enfin à Londres avec assez d'argent pour subsister, en attendant que le roi m'accorde une audience, ce qui fut difficile.

– Et... comment...?

Dans son agitation, Ventura ne trouvait plus ses mots.

– Nos biens nous sont rendus! s'exclama son frère triomphalement. Notre père n'aurait pas été autorisé à rentrer dans son pays, mais toi et moi sommes libres d'aller où nous voulons.

– C'est merveilleux!

Ventura poussa un soupir de bonheur et se tourna vers Hugo :

– Et maintenant, vous comprenez tout? demanda-t-elle.

– Presque, répliqua le jeune homme. Dites-moi, Kinbrace, comment avez-vous retrouvé votre sœur?

– Dès mon arrivée à Saint-Sébastien, j'ai couru à la maison où l'avait laissée ma famille : les nouveaux occupants m'ont annoncé la mort de mes parents et sa disparition.

» C'est au bord du désespoir que je suis allé voir le señor Padilla qui m'a dit que tu étais à Madrid, déguisée en page. Je suis parti aussitôt et comme je l'espérais, je t'ai trouvée chez le marquis de Torre Nueva.

– Je n'y suis pas arrivée sans peine, dit la jeune fille. Je te raconterai tout cela plus tard.

– Aviez-vous parlé de votre frère au marquis? demanda Hugo à Ventura.

– Oui, dit-elle, à lui, j'ai tout révélé. Il faut maintenant que je lui présente Alastair.

– Ne l'a-t-il pas encore vu?

– Je venais d'arriver quand vous êtes entré, dit Alastair. Je suis à Madrid depuis hier soir et j'ai commencé par glaner quelques informations. Ainsi ai-je appris que doña Alcira est morte et que la fille de sa sœur Anna-Luisa a tout à coup surgi du passé. Tout Madrid est au courant de cela et les gens pensent que notre tante est morte juste à temps pour ne pas avoir à abandonner la fortune des Cartillo.

– Maintenant, dit Ventura, c'est à toi qu'elle appartient.

– Je pensais retourner en Ecosse, mais je ne sais que faire.

– Pourquoi ne pas profiter des deux pays? suggéra Hugo. Du reste, après vingt ans, vos domaines d'Ecosse doivent avoir besoin d'une sérieuse remise en état; votre fortune espagnole vous y aidera.

– Cela me semble être la meilleure solution. Que dirais-tu de partager ton année entre l'Espagne et l'Angleterre, Ventura?

– Ce serait certainement très agréable, murmura la jeune fille sans conviction.

– Eh bien, je vais revendiquer mon héritage, déclara son frère avec entrain.

Il se pencha et embrassa Ventura.

– Je suis heureux de te revoir, dit-il, plus que

je ne puis te le dire. Et je vous remercie, Excellence, d'avoir protégé ma petite sœur, ajouta-t-il en se tournant vers Hugo. Sans vous, je ne sais comment elle aurait pu venir à Madrid.

Il les salua et sortit en souriant. Le silence s'abattit à nouveau après son départ. Hugo regarda Ventura, mais elle détourna les yeux. Soudain, elle se mit à parler très vite :

– Il est charmant, n'est-ce pas? Il a tout juste un an de plus que moi. Je suis contente qu'il soit revenu.

– Et maintenant vous allez régner tous deux sur un véritable petit royaume, observa Hugo, tant ici qu'en Ecosse.

– Oui, bien sûr, mais... je ne sais trop, murmura la jeune fille. Alastair peut se marier... et moi aussi.

Hugo s'approcha d'elle.

– Avez-vous encore des secrets? demanda-t-il.

Elle dit non de la tête.

– Alors pourquoi vous jouez-vous de moi? Vous savez pourtant que je vous aime!

– Je crois que vous ne me comprenez pas, dit-elle tristement. Mon frère est mon aîné, c'est lui qui est un homme riche. Moi, je n'aurai pas la plus infime part de cette fortune. Je savais que cela pouvait se produire et c'est pour cette raison que... je vous ai dit non ce matin, acheva-t-elle tout bas.

– Que m'importe votre raison?

– Elle importe certainement à ceux qui vous ont envoyé ici, monseigneur.

– Je me moque de ce qu'ils pensent, déclara le jeune homme. D'ailleurs, ils m'ont envoyé ici pour épouser l'héritière des Cartillo et celle-ci, finalement, n'existe pas. Je suis libre. Ventura, je t'aime.

Comme elle ne répondait pas, il la prit dans ses bras. Il la sentit trembler comme elle avait tremblé en se jetant contre son cœur alors qu'elle fuyait la mort. Il la serra plus fort.

– Je vous aime, dit-il, je vous aime tant que je ne puis vivre sans vous. Ventura, écoutez-moi, je vous veux pour femme, je vous veux plus que tout au monde!

Il l'embrassa en la serrant de plus en plus fort, puis il la libéra aussitôt.

– Pardonnez-moi, dit-il humblement. Je vous aime tellement que je ne sais plus ce que je fais.

Le visage de Ventura lui parut alors si radieux qu'il en perdit le souffle.

– Vous... m'aimez tant que cela? Vraiment? murmurait la jeune fille. N'oubliez pas que c'est Alastair, l'aîné, qui hérite de tout, selon la loi espagnole.

– Que le diable emporte la fortune des Cartillo, dit Hugo impatiemment. Si vous voulez savoir la vérité, je suis bien content d'en être à jamais débarrassé, elle est trop importante. J'ai envie de rentrer en Angleterre avec vous. Et... seigneur!...

– Que se passe-t-il? demanda Ventura, inquiète de son changement de ton.

– Ventura, il faut que je parte pour l'Angleterre ce soir même, j'étais venu vous dire au revoir, je l'avais oublié. Il faut, de toute urgence, que je répète à Londres la conversation que vous avez entendue.

– Vous partez? murmura la jeune fille, consternée. Nous allons nous quitter, déjà?

– Non, nous ne nous quitterons pas, déclara Hugo avec autorité. Nous allons nous marier cet après-midi même; il y a une chapelle dans le palais de Cartillo, je suppose? Et aussi un chapelain? Il nous mariera et vous pourrez venir avec moi puisque vous serez ma femme!

– Mais... je ne peux pas! C'est... trop tôt... balbutia Ventura, désemparée.

Hugo prit son visage entre ses mains.

– Je sais, dit-il. Les convenances, les traditions, les gens, les commérages. Et qu'importe tout cela? Il n'y a que nous deux, Ventura.

Elle leva alors sur lui ses yeux pleins de confiance et d'amour.

– Rien ne compte autant que notre amour, murmura-t-elle. Je viendrai avec vous.

Il la regarda longuement puis tomba à genoux devant elle, lui prit la main et y posa doucement, tendrement ses lèvres.

– Je vous rendrai heureuse, promit-il, Ventura, ma bien-aimée, mon amour.

Il resta un moment à ses pieds, puis il se releva et la reprit dans ses bras. Il contempla le visage délicat qui était devenu son plus cher trésor.

– Tu es la plus grande, la plus douce aventure de ma vie, mon petit page, dit-il en souriant.

Et de nouveau, leurs lèvres s'unirent.

Barbara Cartland

Sa réputation n'est plus à faire.
Les Editions J'ai Lu ont déjà publié plus de quarante de ses romans où se mêlent aventure et amour.

Demandez à votre libraire le catalogue semestriel gratuit.

La naïve aventurière (751 **)
Epousée par hasard, saura-t-elle conquérir son mari ?

L'irrésistible amant (758 **)
Il est riche, jeune et beau ; pourtant celle qu'il aime semble le haïr.

La valse des cœurs (828 **)
A Vienne, en 1914, la jolie Wanda doit choisir entre son cœur et sa mission.

La fée de glace (845 ***)
Pour l'étoile du patinage et le jeune lord, le bonheur semble une dure conquête.

Le fantôme de Monte-Carlo (854 ***)
Chantal Wytham résoudra-t-elle l'énigme de sa naissance ?

L'amour vient quand il veut (868 **)
L'avide Lola et la douce Aria se disputent le cœur de Dan...

Le printemps d'Aurelia (878 ***)
Un baiser volé... jamais oublié.

Amour secret (898 **)
Enlevée à la place d'une autre, Gretna connaîtra-t-elle l'amour ou la honte ?

Cléona et son double (908 **)
Va-t-elle tuer un amour partagé en avouant son imposture ?

Les seigneurs de la côte (920 **)
Leona aime l'homme chargé de perdre son frère.

Escapade en Bavière (931 **)
Destinée à un prince, Tilda s'enfuit avec un jeune et bel inconnu...

Les feux de l'amour (944 **)
Déguisée, Elvina embarque clandes nement sur le yacht de lord Wye...

C'est lui le désir de mon cœur (953 **
Un mariage fondé sur une imposture peut- apporter le bonheur ?

La révolte de lady Corinna (964 ***)
Dans le Paris doré du Second Empire, u amour trop pur...

La belle et le cavalier (985 ***)
Ruiné, sir Hugh vend sa propre fille a enchères.

La fiancée réticente (993 **)
Sa mère a décidé de son mariage : co ment y échapper ?

Le terrible secret de Giselda (1003 **
Pourquoi cette jeune fille du monde cache-t-elle sous les traits d'une servant

Les hasards de l'amour (1014 **)
Pour sauver son père, elle accepte de pa ciper à une comédie qui lui répugne.

L'impétueuse duchesse (1023 **)
Poursuivie par la police napoléonien Jabina doit fuir avec un homme que hasard l'a contrainte à épouser.

Le secret de Sylvina (1032 **)
Le marquis d'Alton sait que Sylvina l'ai pourtant il refuse son amour.

La sorcière aux yeux bleus (1042 **)
La jeune blessée découverte par le marq est-elle une sorcière ?

amours mexicaines (1052***)
Maltraitee par son oncle, Kamala se glisse n cachette dans un bateau en partance our le Mexique.

Cœur captif (1062**)
Sabina est déjà fiancee lorsqu'elle rencontre e fascinant Roi des ohemiens.

es roses de Lahore (1069**)
Un secret honteux entache son nom: -t-elle le droit d'aimer?

e message de l'orchidée (1072**)
Un flot tumultueux de passions se dechaine ors de l'inauguration du canal de Suez.

Quand l'amour triomphe (1076**)
Que faisait chez lui cette jolie fille serrant ne bombe contre elle?

e corsaire de la reine (1077***)
Habillee en homme, elle prend la place de on frère a bord d'un vaisseau corsaire.

Séréna (1087****)
A la mort de son père, elle devient la ropriété d'un noble débauche.

Par amour ou par pitié? (1088***)
Epousée par pitié, Jacinda parviendra-t-elle cependant à trouver le bonheur?

Au péril de l'amour (1097***)
Enlevée, conduite en Afrique, Sélina est endue au plus offrant.

Messagère de l'amour (1098**)
Chargée de mission par Elisabeth Ire, elle ombe aux mains des ennemis de la reine.

La fille de Séréna (1109****)
Dans la forêt, Caroline ne rencontre pas le oup, mais un lord seduisant.

La flamme d'amour (1110**)
Messes noires, satanistes: dans quel monde est tombée l'innocente Vada?

Sous le charme gitan (1120**)
Une gitane peut-elle être transformee en une fille du monde?

Un faux mariage (1121***)
Pour échapper à une « tigresse » il épouse la remière venue.

Des fleurs pour mon amour (1133***)
Derriere la grâce de Lokita se cache un ncroyable secret.

Les beaux messieurs de Pétrina (1134**)
Scandaleuse, incorrigible, exaspérante, elle est Pétrina.

Samantha des années folles (1144**)
Celui qu'elle aime est parti avec une autre.

Comtesse Natacha (1145**)
Elle doit se vendre pour sauver son frère.

La splendeur de Ventura (1155**)
Sous cet adolescent en haillons, qui reconnaîtrait la jolie Ventura?

Le bonheur commence à l'aube (1156**)
Un échange d'identite place Xénia dans une situation impossible.

Le valet de cœur (1166***)
Ravella court vers ce qu'elle croit être son bonheur. *(avril 1981)*

Mon beau capitaine (1167**)
L'amour la fera-t-elle renoncer au couvent? *(avril 1981)*

Seras-tu lady, Gardénia? (1177***)
L'homme qu'elle aime veut l'entretenir, non l'epouser. *(mai 1981)*

Fiancés sans amour (1178***)
Pour echapper à un mariage forcé, Alyna devra-t-elle se suicider? *(mai 1981)*

L'enchantement du désert (1188**)
Peut-on impunément enlever et séquestrer une jeune fille? *(juin 1981)*

La première étreinte (1189**)
Saura-t-elle rester pure dans le demi-monde? *(juin 1981)*

Barbara Cartland presente:

Le Cheik, par E.M. Hull (1135**)
Prisonniere dans le desert, Diana doit céder à son ravisseur.

Candide Evangéline, par E. Glyn (1157**)
Naïve et pure, elle se rève femme fatale.

La lune au trésor, par J. Farnol (1179**)
Il est des nuits magiques ou tout devient possible. *(mai 1981)*

Editions J'ai Lu, 31, rue de Tournon, 75006 Paris

diffusion
France et étranger : Flammarion, Paris
Suisse : Office du Livre, Fribourg
Canada : Flammarion Ltée, Montréal

Achevé d'imprimer sur les presses de l'imprimerie Brodard et Taupin
7, Bd Romain-Rolland, Montrouge. Usine de La Flèche,
le 12 février 1981
6861-5 Dépôt Légal 1er trimestre 1981. ISBN : 2 - 277 - 21155 - 9
Imprimé en France